詩話中國歷史

長安定成題

诗话中国历史

SHIHUA ZHONGUO LISHI

蔡新华 著

广西师范大学出版社
GUANGXI NORMAL UNIVERSITY PRESS
·桂林·

图书在版编目（CIP）数据

诗话中国历史 / 蔡新华著. -- 桂林 : 广西师范大学出版社，2024. 10. -- ISBN 978-7-5598-7386-6

Ⅰ. I227

中国国家版本馆 CIP 数据核字第 20244K655L 号

广西师范大学出版社出版发行

（广西桂林市五里店路 9 号　邮政编码：541004
网址：http://www.bbtpress.com）

出版人：黄轩庄

全国新华书店经销

广西广大印务有限责任公司印刷

（桂林市临桂区秧塘工业园西城大道北侧广西师范大学出版社集团有限公司创意产业园内　邮政编码：541199）

开本：880 mm × 1 240 mm　1/32

印张：13.5　　字数：380 千

2024 年 10 月第 1 版　　2024 年 10 月第 1 次印刷

定价：80.00 元

文章千古事　得失寸心知
——《诗话中国历史》序

于丹

我与新华兄很有缘分，缘起在公务，修分在私交。我们北师大珠海校区自2018年成立粤港澳大湾区研究院以来，在地研究有赖珠海社科界的帮助，我作为首席专家与新华兄有了颇多交往，不期然结交下这样一位性情弥真的好朋友。

新华兄骨子里是一位诗人。无论早年间江西求学走上医学之路，还是珠海创业从事宣传，抑或是因为能力超群而转型为文化官员，新华兄有一个从来没有改变过的内在，那就是流淌在血液里的诗魂。

“中华历史人物诗传”一百首，“中国历史大事诗记”五十首，再加上“中国的世界遗产”五十首，总共二百首，皆以七言律诗写成，真正是铺陈商汤革命以来风云激荡三千年，以简笔写人生，史迹与心迹并重，尤以颔联颈联最见功力。写嵇康的倜傥风神是“心骋八荒游太古，手挥五弦送归鸿”，写郑成功的孤勇忠诚是“敢向东南争半壁，方知海外有孤忠”。写玄奘法师毕生弘法的坎坷坚韧是“西行求法解疑惑，东归释儒立派宗。廿载译经逾千卷，万里弘道历百城”。两联中的数字反差撑起了人物一生的功业与蹉跎，极富张力。写汤显祖这一生的荣辱成败与心之所向更是明确点出四个名字："仕途蹭蹬因居正，文坛埋没缘世贞。离经叛道羡李贽，致知从心服阳明。"这种高度凝练的概括放进律诗，足见功力雄深。

令我颇为感慨的还是新华兄的《诗话中国历史》撰后感一诗，或许可以作为打开这本诗史的钥匙：

五千年来谁著史?
首推孔子写《春秋》。
时世尽仰董狐笔,
至今谁知司马忧?
直书不为尊者讳,
谀辞岂因帝王讴?
是非功过有公论,
一字褒贬覆难收。

这首诗恰好写在一年之前，彼时防疫尚在紧张阶段，中国文人晴耕雨读的习惯在新华兄身上体现得相当透彻。这个系列自发布以来，朋友们每日可在微信中见到新作，从未中断。这首撰后感起笔即颂《春秋》《史记》，取法极高，志向远大，其实可以作为新华兄自撰后记来读。

"中国历史大事诗记"这一部分的书写难度更大，以五十首律诗书写三千年文明坐标大事记，一要通读卷帙浩繁的史料，二要钩沉概括最重要的节点，三要用律诗形式平仄对仗，成为真正凝练的一首记史诗。比如楚汉之争这样一段故事，从课本通识到影视作品，已然是耳熟能详的典实，重新创作实属不易。读到这首诗和后面大量注释，足见作者的严谨与功力。

楚汉相争

大秦帝国方崩塌，
裂土封王一十八。①
刘邦抑忿西入蜀，②
项羽衣锦东还家。③
汉军重来复疆土，
楚地尽失围垓下。④
两雄相争智者胜，
匹夫之勇不可夸。⑤

① 反秦大起义迅猛发展，帝国大厦土崩瓦解。陈胜、吴广死后，各路大军团结在楚怀王熊心的大旗下，摧枯拉朽所向披靡，秦朝灭亡。凭借在残酷战斗中建立起来的巨大威信，项羽做主裂土封王共十八家，他自封为“西楚霸王”。

② 项羽的分封并未得到众王的认可，其权威性和公正性都受到质疑。怀王（后被尊为“义帝”）与诸将约定的“先入定关中者王之”原则被破坏，先入关的刘邦被贬封为“汉王”，令其抑忿不平。在韩信的劝说下，他忍气吞声入蜀，并烧毁栈道，以示去而不回。

③ 项羽则志得意满，他烧毁秦宫室，带着劫掠的财宝宫女东归彭城家乡，并且自鸣得意：“富贵不归故乡，如衣绣夜行，

谁知之者?”其志向竟然如此而已!

④ 不久，刘邦借田荣、陈余相继叛乱，项羽自顾不暇之机，明修栈道，暗度陈仓，率军夺取了三秦，卷土重来，与项羽争夺天下。经过四年艰苦激烈的楚汉战争，项羽被围于垓下，自刎于乌江。

⑤ 两军相遇勇者胜，两雄相争则智者胜。韩信评价项羽只有妇人之仁，匹夫之勇，不能成大事。前者使项羽优柔寡断，错失在鸿门宴擒杀刘邦之良机；后者则使其狂妄自负，总想以力取胜，甚至荒唐地提出要与刘邦单挑决斗。刘邦则笑称，“吾宁斗智，不能斗力”。结局自此已然见出分晓。

中国近代历史更是风云诡谲，认知不对等带来的诸多外交事件呈现出来越来越多的“罗生门”，仅马戛尔尼见乾隆一事就有事件缘起与立场判读等重重难题。这首诗作的注释可以说极尽详备：

英使使华

英王遣使寿乾隆，[①]
马戛尔尼斯当东。[②]
不畏艰辛旅途险，
惟求开放商路通。[③]
波涛万里未嫌远，
皇帝咫尺却扑空。[④]
化外之夷应朝贡，
天朝上国我为宗。[⑤]

① 公元1500年前后，以葡萄牙、西班牙为首的欧洲国家开始了向东方和美洲的海上探险，史称“地理大发现”。随之而来的殖民扩张和财富掠夺，使得他们一夜暴富。荷兰、法国、英国等也紧随其后，加入了这一行列。英国后来居上，在科学和工业革命的推动下成为世界工厂和头号强国。

② 英国的工业制成品需要广大的市场，人口最多的中国成为他们的首选。因此，英国国王乔治三世以为乾隆祝寿之名，派遣马戛尔尼、斯当东为正副使，带着两大船代表最新科技工业水平的贺礼来到中国，最终却一无所获。

③ 使团历时数月，行程万里，目的就在于恳请中国皇帝恩准开放若干沿海口岸，便于双方开展“平等贸易”。

④ 英国人没有想到，这一要求对长期闭关锁国的清朝而言简直不可理喻，遭到了断然回绝。乾隆回应道：我天朝上国，种种贵重之物，梯航毕集无所不有，无须与尔互通有无。史家将之形象化地称为“一场聋子与哑巴的对话”。

⑤ 在古代中国的“天下观”中，中国为“中央之国”、宗主之国，雄视天下，万方来朝，四周皆为藩属国和蛮夷小国，理应向我称臣纳贡，何来“平等贸易”之说？乾隆在给英王的回信中傲慢地写道：“尔国王此次赍进各物，念其诚心远献，特谕该管衙门收纳。……尔国王惟当善体朕意，益励款诚。永矢恭顺，以保乂尔有邦，共享太平之福”。

作诗难，人物诗传更难，以诗记史尤难。纵览新华兄这一卷心血之作，深深感佩这份超越功利的发心，足见文人生命底色。除却毕生职业之外，人总要做些忠于内心兴趣的事情，可以寄托自我，可以交付友人。杜诗称“文章千古事，得失寸心知”，读罢这部呕心沥血的诗集，方知千载之后，文人之心，依然有所验证。这大概也合乎孔子所言“古之学问为己，今之学问为人”，这种为己之学的诚恳精进，值得尊敬。

2023年7月于北京

（于丹，文化学者，北京师范大学文化创新与传播研究院院长）

目录

◎中国历史大事诗记

◎ 中华历史人物诗传

◎中国的世界遗产

中国历史大事诗记

（五十首）

一 商汤革命

夏桀暴虐时日丧，
民曰“予及汝皆亡”！[①]
宣淫专宠施妹喜，
拒谏滥杀关龙逄。[②]
施政兴国须伊尹，[③]
誓师灭夏靠成汤。[④]
鸣条之战定天下，
商汤革命建新邦。[⑤]

① 中华第一个王国“夏”的末代君王桀，是历史上有名的暴君，他骄奢淫逸，横征暴敛，并狂妄地以太阳自居。百姓苦不堪言，他们便对着太阳诅咒：“时日曷丧？予及汝皆亡!”（你这个太阳何时灭亡？我愿跟你同归于尽！）

② 桀荒淫无道，滥杀无辜，他专宠美人妺喜（有施氏），筑倾宫、瑶台游乐宴饮；诛杀直言进谏的忠臣关龙逢，以至众叛亲离。群臣敢怒而不敢言，朝政败坏，奸佞横行，国家危机四伏。

③ 商原本为夏的一个小邦，在其首领成汤的领导下日渐强大。汤选贤用能，重用奴隶出身的伊尹为相。伊尹不负厚望，殚精竭虑呕心沥血，全力辅佐成汤灭夏建国定天下。

④ 成汤一俟时机成熟，便大举兴师伐夏。经过鸣条一战，商军大败夏军，桀被流放于南巢（今河南封丘）并死于此，夏朝灭亡，商朝建立。在祭祀先祖时，殷商人也称呼成汤为“唐”“大（太）乙”，后人亦称其“商汤”“武汤”。

⑤ 古代视改朝换代为天命变革，商汤革命亦是如此。这与现代意义上的“革命”完全不同。

二 甲骨文字

商朝一向崇鬼神，[①]

占卜始有甲骨文。[②]

祭祀征伐询天意，[③]

钻凿火灼现裂纹。[④]

婚丧嫁娶择吉日，

雪雨阴晴预收成。

仓颉造字“天雨粟”，[⑤]

中华文明自此存。[⑥]

① 商朝统治者为体现其统治的正当性与合法性，大力宣扬“君权神授”，推行“政教合一”，盛行鬼神崇拜和祖先崇拜，“绝地天通”，垄断与上天通话的权利，以此威吓臣民，使他们甘心和自觉臣服于其“神授”之“君权”。因此，商王尤重祭祀，凡事都要向上天求得“神旨”，占卜是一个重要的手段。

② 甲骨文为中国迄今能见到的最早的成熟文字，又称“甲骨卜辞”。因出土于殷墟（今河南安阳小屯村），又名“殷墟卜辞”。顾名思义，它是商王室占卜的记录。

③“国之大事，在祀与戎”。商人迷信鬼神，凡事（大到祭祀、征伐、天文气象、农业收成，小到狩猎、病痛、出行、婚姻等）皆要占卜，据此推断卜问之事吉凶祸福，以决定行止。“殷人尊神，率民以事神，先鬼而后礼。”

④ 占卜时，先由贞人将所问之事刻在甲骨（多为牛马的肩胛骨或龟的腹甲）之上，并在旁边钻凿小孔或凹坑，置于火上灼烧。然后由卜人根据出现的裂纹走向（类似今人看掌纹），判断吉凶祸福，并将结论（天意）再刻在甲骨之上。

⑤ 古代传说，文字是由黄帝的史官仓颉在观察到禽兽足迹后创制发明的。仓颉造字成功后，“天雨粟，鬼夜哭”。这当然只是一个神话故事，文字绝非一两个人的创造，而是人类智慧的结晶。

⑥ 世所公认的“文明三大要素”中，文字的发明和使用是其中极为重要的元素。文字使得文化得以保存、传承和弘扬，知识得以传播，科学技术得以创新，社会得以发展进步。文字是人类文明之光，甲骨文则为中华文明的曙光。

三 武王克商

盘庚屡迁终于殷，[①]

商王卅传至帝辛。[②]

拘禁西伯降斯志，[③]

惨杀比干剖其心。[④]

盟津观兵诸侯忿，[⑤]

牧野列阵刑徒惊。

周武一呼天下应，

朝歌陷落鹿台倾。[⑥]

① 商人迁都，前八后五，最终定都于殷（今河南安阳）。殷作为其都城长达二百余年，因此商也称为“殷”，或合称为“殷商”。

② 商共传三十一王，末代君王为帝辛，即纣王。纣是中国历史上继夏桀之后的又一暴君，荒淫暴虐，无恶不作。他“智足以拒谏，言足以饰非……好酒淫乐，嬖于妇人”。这个“妇人”便是他的宠爱妲己，“酒池肉林”的典故尽人皆知。

③ 周是臣属于“大邑商”的一个小邦，崛起于西北，故称“小邦周”。商王封其首领姬昌为“西伯”，后听信佞臣崇侯虎的谗言，将西伯囚禁于羑里。周向纣王进献了诸多珍宝、美女、善马，西伯才得以获释。纣又授其以征伐之权。西伯借机征伐犬戎、密须、耆、邘及崇侯虎等，大大扩展了周的疆土。

④ 王子比干进谏于纣王，劝其轻徭薄赋，爱惜臣民，节奢制暴，却被其残忍杀害。纣王曰：吾闻圣人之心有七窍。遂剖比干，观其心。其暴虐残忍一至于此！

⑤ 西伯死后被谥为“文王”，其子姬发继位，是为“周武王”。武王继承父亲遗志，立志灭商。他与反商的各路诸侯结为联盟，先在盟津观兵（军演），以视天意和诸侯伐商之决心，“不期而会盟津者八百诸侯”。

⑥ 又等待了两年之后，“闻纣暴虐滋甚”，并趁纣王出兵讨伐东夷、国内兵力空虚之机，公元前1046年，武王再次联合庸、羌、蜀等各邦，与商军在牧野（今河南淇县）展开决战。商军虽号称有七十万，但多由刑徒、奴隶临时拼凑而成，他们阵前倒戈，兵败如山倒。联军攻入陪都朝歌，纣王在鹿台自焚而死，商朝灭亡，周朝建立。

四 封土建国

武王伐纣灭殷商，

授土立国绥四方。[①]

“保义王家”监禄父，

“屏藩周室”防戎羌。[②]

子弟功臣各就位，

家国采邑自安邦。[③]

制礼作乐行“封建”，

尊卑有序天下昌。[④]

① 武王克商建立周朝后，对姬姓子弟以及开国功臣进行封赏，授予其土地和人民，建立诸侯国及其附庸国，以安定秩序绥宁天下。

② 封土建国简称“封建”，其主要目的在于“屏藩周室，保乂王家”，即把周王室所在的镐京（今陕西西安）四周的土地都分封给诸侯，使其如藩篱和屏障，拱卫京畿要地和周王（天子），正所谓“普天之下，莫非王土；率土之滨，莫非王臣”。

基于“灭其国不绝其祀”的天道，武王还将商纣王之子武庚（字禄父）封在殷故地，以兴灭继绝，安抚商朝遗民。又派其弟管叔、蔡叔、霍叔对其进行监管，以防叛乱，称为“三监”；同时对分布四周或夹处其中的戎狄蛮夷等部落的侵扰也严加防范。

③ 封赏完毕，各诸侯皆“帅其宗氏，辑其分族，将其类丑”，分赴各自的封国。他们也把封国的土地和人民，按血缘亲疏再分给自己的子弟即“卿大夫”，这一区域则称为“家（采邑）”。“国家”一词由此而来。

④ 武王死后，其弟周公摄政，辅佐年幼的成王。他汲取了商朝假托天命仍遭覆灭的历史教训，认为“皇天无亲，唯德是辅”，只有施仁政、行德治，才能得民心、安天下。因此周公制礼作乐，建立了以宗法（嫡长）制为核心的礼乐制度（以礼定尊卑，以乐和上下），为周朝封建社会奠定了八百年的基业。

五 青铜时代

上古三代夏商周，
青铜文明越千秋。[①]
莲鹤方壶鹤振翅，[②]
四羊方尊羊凝眸。[③]
体量当数司母戊，[④]
铭文“毛公”占鳌头。[⑤]
吴王戈矛越王剑，[⑥]
“宅兹中国”何尊留。[⑦]

① 青铜为红铜与铅锡的合金，表面氧化后产生铜绿，故称“青铜”。青铜时代在新石器时代之后，铁器出现之前。中国的青铜时代跨越夏商周三代，历时一千五百多年。尤其在商代，由于商人好酒且重祭祀，故其青铜礼器和酒器极其精美，是古代东方艺术的瑰宝，体现了青铜冶炼铸造技术与艺术创作的完美结合，创造了令世人惊叹的青铜文明。

② 莲鹤方壶为春秋时期的一对青铜器，现分别收藏在北京故宫博物院和河南博物院。它最吸引人之处，是在方壶上方，一只仙鹤立于莲花瓣中央，昂首远眺，展翅欲飞，造型极其灵动。

③ 四羊方尊为商晚期礼器，现藏于国家博物馆，造型独特，工艺精美，被史学界称为“臻于极致的青铜典范”，名列十大国宝。其肩、腹、足部被巧妙地设计成四只卷角羊，低首凝眸，定睛而视，神情丰富，形象生动，呼之欲出。

④ 司（后）母戊鼎为商后期的礼器，为四足长方鼎，形制巨大，雄伟庄严。鼎身铸有精美的盘龙纹和饕餮纹，更增其威武凝重。高一百三十三厘米，重达八百三十二公斤，为当世所见最大最重的青铜器，为国家博物馆镇馆之宝。

⑤ 台北故宫博物院的镇馆之宝则为毛公鼎，其形制为三足圆鼎，浑厚庄重。鼎内铸有四百九十九字的铭文，是迄今所知金文中最长的一篇，是研究西周政治的重要史料。

⑥ 收藏于湖北省博物馆的越王勾践剑和吴王夫差矛，体现了春秋末期青铜兵器铸造的最高成就。两千多年过去了，其戈锋和剑刃依旧锋利无比，令人胆寒。

⑦ 陕西宝鸡青铜器博物院的镇院之宝，则是体量既不大（高近三十九厘米、重十四余公斤）、铭文也不多（一百二十二字）的何尊。其独特价值就在于“中国”二字作为词组，首次在它的铭文中出现。“宅兹中国”对于中国和中国人来说，都具有特殊的纪念意义。

六 厉王弭谤

防民之口甚防川，

川涌堤溃浪如山。

厉王高压监谤议，①

召公苦口献忠肝。②

百姓积仇亦积怨，

万民敢怒不敢言。

熔岩奔流自心底，

一旦喷发天地翻！③

① 周厉王姬胡是周朝的第十位天子。他在位三十六年，其间胡作非为，横征暴敛，不听忠臣芮良夫劝谏，任用佞臣荣夷公实行“专利”，以国家名义垄断山林川泽以剥削人民，招致贵族和平民不满，怨声载道。召穆公告之曰：“民不堪命矣！”厉王怒，派卫巫以监谤。谁敢非议，告以杀之。

② 召公劝之曰：“防民之口，甚于防川。川壅而溃，伤人必多。故为川者决之使导，为民者宣之使言……”

③ 厉王不听，继续实行高压政策。百姓敢怒而不敢言，道路以目（路上相遇，不敢攀谈，只能用眼神会意）。三年后（公元前842年），忍无可忍的国人起来暴动，把厉王流放到彘（今山西霍县），王死于此。次年，召穆公、周定公共理朝政，号称“共和”。此后，厉王之子姬静继位，是为宣王。宣王在位期间有所振作，史称“宣王中兴”。但西周最终在宣王之子幽王的手中被葬送。

❼ 烽火戏诸侯

褒姒不笑幽王愁，

遂点烽火戏诸侯。

诸侯悉至竟无寇，

美人乐极祸胎留。①

太子申后皆被废，

缯国犬戎尽攻仇。②

天子荒淫致国乱，

莫怨红颜祸水流。③

① 这是历史上一个尽人皆知的故事。西周末年，周幽王是继夏桀、商纣之后又一个著名的昏君暴君。他宠爱美人褒姒，然而“褒姒不好笑，幽王欲其笑万方。……为烽燧大鼓。有寇至则举烽火。诸侯悉至，至而无寇。褒姒乃大笑。幽王悦之，为数举烽火。其后不信，诸侯益亦不至”。

② 褒姒生子伯服。幽王于是废申后、太子宜臼，以褒姒为后，伯服为太子。有大臣叹息道：祸成矣，无可奈何！果然，申侯联合缯国和犬戎部落发兵反叛幽王，为其女申后和外孙宜臼讨不平。幽王再举烽火，诸侯无人理会。犬戎攻陷镐京，幽王被杀于骊山下，褒姒被掳，西周灭亡。宜臼继位为平王，将周都东迁至洛阳，是为东周。

③ 夏桀、商纣、周幽王身死国灭的历史故事看起来似乎如出一辙，历史竟是如此相似，又不断地重演。这些故事又都有一个被后人称为“祸水”的“红颜”作为女主角，妺喜、妲己、褒姒，还有后世的赵飞燕、杨玉环等等，不胜枚举。人们之所以津津乐道于此，体现了男权至上的中国封建社会对女性的轻蔑；而把亡国的责任归咎于她们，心理上又是最释然的。

八 春秋战国

天子威权近于空，

诸侯征伐日渐凶。[①]

春秋继起曰“五霸”，[②]

战国并争号“七雄”。[③]

夺地攻城皆不义，

恃强凌弱意未穷。

乱世最是百姓苦，

命悬一线何去从？[④]

① 平王东迁至洛阳，是为东周。自此历史进入了“春秋战国”时代。由于周王室衰落，周天子号令天下的威权日渐式微，诸侯开始相互侵伐兼并，列国内部卿大夫也专权擅政，“礼乐征伐自诸侯出”“陪臣执国命”，一个礼崩乐坏、犯上作乱、天下大乱的时代到来了。

② 春秋时期（公元前770—前476年），诸侯中出现了齐桓公、晋文公、秦穆公、宋襄公、楚庄王等“五霸”（也有一说把吴王阖闾、越王勾践列入其中，取代秦穆公、宋襄公），他们有的“尊王攘夷”（尊崇周王，挟天子以令诸侯，同时号召共同抵御戎狄蛮夷），有的则凌驾于天子之上，自行盟会。故孟子曰：春秋无义战。

③ 战国时代（公元前475—前221年），天下更加混乱不堪，“战国七雄（秦、楚、齐、燕、韩、魏、赵）”及其他小国之间的战争更加频繁惨烈。“争城以战，杀人盈城。争地以战，杀人盈野。”各国为了争雄，陆续开始变法，以求富国强兵，在你死我活的争斗中图存。

④“天下恶乎定？定于一。”攻伐争斗的结果是，小国弱国被大国强国逐一消灭吞并，国家数量逐步减少，最终天下归一。在这样一个极其惨烈悲壮的过程中，最苦的还是黎民百姓。他们命如草芥蝼蚁，悬于一线。他们对于和平安定生活的渴望，成为当时不可能实现的奢望。

❾ 卧薪尝胆

阖闾伐越伤且崩，
嘱子报仇在临终。[1]
夫差终胜慰遗愿，
勾践败降成附庸。[2]
十年卧薪日尝胆，[3]
一朝雪耻夕逞凶。[4]
除却吴王杀文种，
范蠡功成遁无踪。[5]

① 公元前496年，吴王阖闾兴兵攻越，双方战于槜李，吴军大败，阖闾伤重身死。临终前他留下遗嘱，嘱咐其子灭越报仇。

② 太子夫差继位后，继承父王遗志，积极练兵备战。两年后，吴军与越战于夫椒，越军大败，越王勾践被困于会稽山上，请降被囚为奴，为吴王驾车养马，三年后才获释。

③ 勾践把这奇耻大辱埋在心底，发誓灭吴。他每日卧柴薪尝苦胆，以惕厉警醒自己。在谋臣文种、范蠡辅佐下，勾践制定了“十年生聚，十年教训”的战略，富国强兵，全民皆兵，使兵士“一人当百,百人当万”，并设计离间吴国君臣。伍子胥因直言进谏被吴王赐剑自杀。

④ 在国力恢复且强盛之后，趁吴王北上称霸之机，越军连续发动北伐，攻陷吴都，吴亡，夫差自杀。勾践遂北上与齐、晋等大国会盟于徐州，“诸侯毕贺，号称霸王”，成为春秋的最后一位霸主。

⑤ 勾践灭吴后，便开始诛杀功臣，文种未听范蠡之劝而被杀。范蠡则对勾践只能共患难、不可与之同安乐的为人早有觉察，功成身退，遁于江湖，化名“鸱夷子皮”，经商致富，自号“陶朱公”，得享天年。后世尊其为“财神”。

十 孔子周游

知我之人谓我忧，

不知我者谓何求？①

竭尽全力平乱世，

周游列国说诸侯。②

克己复礼施仁政，

敬德保民予宽柔。③

一字褒贬贼子惧，

知我罪我惟春秋。④

① 此句源于《诗经》。《诗经》作为“六经”之首，据传为孔子所删定。孔子生活在春秋末年，其时礼崩乐坏，天下纷乱，孔子“知其不可而为之”，以五十余岁已老之身，离开鲁国，恓恓惶惶，颠沛流离，周游列国长达十四年。

② 孔子曰：“天下有道，丘不与易也。”他之所以游说诸侯，就是想把“仁政”“爱民”的主张灌输给他们，劝说其纠正犯上作乱、僭越礼制的行径，放弃以大欺小、以强凌弱相互攻伐的国策，以止战息兵，予百姓以和平安宁的生活。

③ 孔子思想的核心是“仁”，以“忠、恕”之道行于世。他孜孜以求“克己复礼”，梦想恢复周礼，回到周初那个上下有序、尊卑有礼的时代。希望统治者以“德”治天下，“修己以安百姓”，“使民以时”。子曰：“百姓足，君孰与不足？百姓不足，君孰与足？”

④ 孔子周游列国处处碰壁，诸侯们都在忙着称霸称王，谁也听不进他的那些主张。六十八岁那年他回到阔别已久的鲁国，不再问政，专心教学，删定“六经”，编著了《春秋》一史，对历史人物的评价寓褒贬于一字，“令乱臣贼子惧”。为此，夫子自道：“知我罪我，其惟春秋！”

十一 列国变法

"战国七雄"争短长，

纷纷变法图自强。①

魏用李悝"尽地力"，②

楚有吴起国威扬。③

文侯兵锐幸寿久，

悼王政息哀人亡。④

西秦与之如一辙，

孝公死后裂商鞅。⑤

① 进入战国时代，列国之间的竞争和战争愈加频繁和激烈，尤其是“七雄”，他们为了争夺天下，富国强兵，先后开始了变法图强。

② 变法始于魏文侯（公元前445—前396年在位）。他重用李悝（李克）实施变法，“尽地力之教”，鼓励农耕发展经济，用“平籴法”平抑粮价以防灾荒，国力迅速增强，魏国雄视天下。李悝还著有《法经》，成为后来商鞅变法的理论蓝本。

③ 吴起先后为鲁、魏两国所用，均立下大功，但其杀妻求将、恃才傲物、热衷于扬名立万的功利心和傲慢个性，又为其带来不良声誉。他一气之下，去魏赴楚，得到悼王的信任，用其主持变法，楚国益强，国势大振。

④ 变法是一场触及旧贵族旧势力根本利益的改革，主要倚仗于君王个人的威权作为克服阻力的保障。由于魏文侯在位长达五十年，因此，魏国的变法得以成功，李悝也得其善终。而楚悼王在位仅二十一年，他一死，旧贵族便群起加害于吴起，吴起伏尸于悼王身上。正所谓“人亡而政息”。

⑤ 商鞅变法的结局与吴起一样，秦孝公尸骨未寒，商鞅便被诬“谋反”，惨遭车裂之刑。不同的是，商鞅虽死，其法并未被废，且继续实施，这就为秦国崛起于诸侯群雄、最终一统天下奠定了基石。

十二 百家争鸣

春秋战国礼乐摧，

诸子争鸣论是非。[①]

世间百虑而一致，

天下殊途亦同归。[②]

孔曰成仁孟取义，

庄子逍遥老无为。[③]

墨倡非攻与兼爱，[④]

法家助秦立君威。[⑤]

① 春秋战国时代，礼崩乐坏，王纲解纽，诸侯纷争，社会动荡，民不聊生。但这样一个动荡混乱的时代，却为思想和学术的大繁荣大发展创造了条件。“诸侯放恣，处士横议”，这便是中国历史上百家争鸣的时代，是一个需要思想、需要伟人并且产生了思想和伟人的时代！

② 天下大乱，需要有人出来挽狂澜于既倒，扶大厦之将倾，需要有人分析乱因，找到病根，开出良方，治病救人。于是诸子们拿出了各种各样治国止乱的主张，相互辩诘，彼此启发。尽管观点大相径庭，各执一词，但出发点和落脚点并无根本分歧：止乱安民平天下。正所谓“百虑一致，殊途同归”。

③ 百家中最早的两家是道与儒，老子和孔子是同时代人。孔子曾西至洛阳问礼（求教）于老子。其传人庄子和孟子也是同时代人。老子倡“无为”“返朴归真”，庄子追求身心的绝对自由，而孔孟则讲“仁义”、行“仁政”，意在“克己复礼”。

④ 说是“百家争鸣”，其实主要的也只有“九流十家”，其中争论最多的是儒道墨法四家。而最先挑起争端的是原本学儒的墨子。墨家提倡“兼爱”，反对“仁爱”，提倡“非乐”“节葬”，反对礼乐制度与厚葬，处处与儒家拧着来。

⑤ 法家最有成就的代表人物除商鞅、吴起外，就是韩非和李斯，而他们都是大儒荀子的学生，都为秦国所用，一个著书立说提供理论依据，一个则身体力行付诸实践，为秦王树威、强国、平天下立下了汗马功劳。秦一统天下后，除统一文字、车轨、货币、度量衡外，还“焚书坑儒”试图统一思想，“百家争鸣”的时代从此一去不再。

十三 大秦帝国

舜赐伯翳其姓嬴，[①]

孝王续祀邑之秦。[②]

襄公封侯因护驾，

平王赐岐为逐戎。[③]

穆桓献孝甚光美，

厉躁简出皆不宁。[④]

商鞅变法国强盛，[⑤]

嬴政一统天下平。[⑥]

①《史记·秦本纪》记载，早在舜帝时期，秦人的先祖“伯翳为舜主畜，畜多息，故有土，赐姓嬴”。

② 商朝建立后，由于秦、商之祖先为近族，故“嬴姓多显”。但周朝灭商之后，秦人却因此沦为奴隶。周孝王时，秦人祖先非子善养马，于是孝王封其为“附庸”，“邑之秦，使复续嬴氏祀”。自此，“秦”地成为嬴氏安身立命之地。

③ 周平王东迁时，秦襄公因抵抗犬戎及护驾有功，被封为诸侯，并赐其丰岐之地。“戎无道，侵伐我丰岐之地，秦能逐戒，即有其地”。至此，秦国建立。

④ 此后三百多年间，秦国国君更替无数，雄健之君如“春秋五霸”之一的秦穆公及桓公、献公、孝公都励精图治，奋发图强，但也出现了出子、厉公、躁公、简公等昏君暴君，使国家政权动荡不宁。

⑤ 孝公即位后，发布《求贤令》以招贤纳才，变法强国：“宾客群臣，有能出奇计强秦者，吾且尊官，与之分土!”商鞅（原名公孙鞅）闻讯而西入秦，助孝公实行变法，秦国崛起。

⑥ 在此基础上，地处西北偏僻之地的秦国又经过一百多年的积累与奋斗，终于在嬴政手里，横扫六国，一统天下，建立起中国历史上第一个专制集权的封建帝国。

十四 大泽起义

发闾左适戍渔阳，

九百卒屯大泽乡。[①]

暴雨失期法当斩，

拼死一搏求免殃。[②]

篝火狐鸣“兴大楚”，

鱼腹丹书“陈胜王”。[③]

揭竿而起天下倡，

短命帝国顷刻亡！[④]

①秦帝国建立后，休养生息、改善民生、发展经济、稳定社会本应作为国策得到实施。然而，秦始皇却反其道而行之，大兴土木营建皇陵、长城、阿房宫，穷兵黩武北伐匈奴、南征百越，劳民伤财，横征暴敛。公元前209年，朝廷征发平民北上渔阳（今北京密云）戍边，陈胜、吴广领九百戍卒到达大泽乡。

②不料途中遭遇大雨，道阻不通，无法按期到达。依照秦律，“失期当斩”。这便把这九百人逼上了一条没有选择的绝路。“今亡亦死，举大计亦死。等死，死国可乎？”

③陈胜、吴广经过密谋，决定举义，并为此精心布局，假借天意，制造舆论，凝聚力量：夜半驻地旁边的祠庙燃起了篝火，且不断传来狐狸的叫声“大楚兴”；厨役买鱼回来，鱼腹中竟然发现了丹书，上面写着“陈胜王”。这些异象，无疑在传达着某种天命！

④此后发生的一切都顺理成章。“天下苦秦久矣！”一句话，便把积蓄在人们心头的怒火点燃。而这星星之火，顷刻燎原，彻底烧塌了秦帝国这貌似威严高耸的巨厦！

十五 楚汉相争

大秦帝国方崩塌，
裂土封王一十八。[①]
刘邦抑忿西入蜀，[②]
项羽衣锦东还家。[③]
汉军重来复疆土，
楚地尽失围垓下。[④]
两雄相争智者胜，
匹夫之勇不可夸。[⑤]

① 反秦大起义迅猛发展，帝国大厦土崩瓦解。陈胜、吴广死后，各路大军团结在楚怀王熊心的大旗下，摧枯拉朽所向披靡，秦朝灭亡。凭借在残酷战斗中建立起来的巨大威信，项羽做主裂土封王共十八家，他自封为“西楚霸王”。

② 项羽的分封并未得到众王的认可，其权威性和公正性都受到质疑。怀王（后被尊为“义帝”）与诸将约定的“先入定关中者王之”原则被破坏，先入关的刘邦被贬封为“汉王”，令其抑忿不平。在韩信的劝说下，他忍气吞声入蜀，并烧毁栈道，以示去而不回。

③ 项羽则志得意满，他烧毁秦宫室，带着劫掠的财宝宫女东归彭城家乡，并且自鸣得意：“富贵不归故乡，如衣绣夜行，谁知之者?”其志向竟然如此而已！

④ 不久，刘邦借田荣、陈余相继叛乱，项羽自顾不暇之机，明修栈道，暗度陈仓，率军夺取了三秦，卷土重来，与项羽争夺天下。经过四年艰苦激烈的楚汉战争，项羽被围于垓下，自刎于乌江。

⑤ 两军相遇勇者胜，两雄相争则智者胜。韩信评价项羽只有妇人之仁，匹夫之勇，不能成大事。前者使项羽优柔寡断，错失在鸿门宴擒杀刘邦之良机；后者则使其狂妄自负，总想以力取胜，甚至荒唐地提出要与刘邦单挑决斗。刘邦则笑称，“吾宁斗智，不能斗力”。结局自此已然见出分晓。

十六 诛杀功臣[①]

满朝文武拜冕旒，

如今天下都属刘。

功臣八王皆异姓，

非我族类必成仇。[②]

忧虑于心形于色，

芒刺在背鲠在喉。[③]

诬以“谋反”诛殆尽，

昔日战友今敌酋！[④]

① 中国历史上诛杀功臣者，刘邦堪称“承前启后”。前者如吴王夫差、越王勾践，各杀伍子胥和文种。而像刘邦这样有计划、有预谋、有步骤地诛杀功臣，史无前例。后者唯朱元璋可与之“媲美”，且有过之而无不及，手段无所不用其极，所兴党案动辄株连上万人！

② 汉朝建立后，刘邦大封功臣为王侯，其中楚王韩信、韩王信、淮南王英布、梁王彭越、赵王张敖、燕王臧荼、继任燕王卢绾、长沙王吴芮等八王均为异姓。论功行赏，实为不得已之举，因为天下是靠他们打下来的。但“非我族类，其心必异”，刘邦亦深以为然。

③ 为此，刘邦虽贵为皇帝，却终日食不欢寝不安，犹如芒刺在背鱼鲠在喉，必欲除之而后快。

④ 于是，刘邦或诬以“谋反”，或逼其谋反，将臧荼、韩信、英布、彭越、张敖等先后诛杀或贬谪，将韩王信、卢绾逼降于匈奴，除却了心头之大患，仅吴芮一人得其善终。接着他便大封刘姓子弟为王，且与群臣杀白马为誓：非刘氏而王者，天下共诛之！

十七 胡汉和亲

匈奴之患源于秦，
屡屡犯边未能平。[①]
始皇诏令修直道，[②]
高祖亲征困白登。[③]
汉初无计乏国力，
娄敬献策始和亲。[④]
单于归汉求修好，
塞外苦寒怜昭君。[⑤]

① 匈奴是古代中国北方的游牧民族，兴起于今内蒙古阴山。秦末汉初，匈奴逐渐强大，对秦汉均造成严重威胁。

② 公元前215年，秦始皇派大将蒙恬率兵三十万北击匈奴，收复河套，“却匈奴七百余里，胡人不敢南下而牧马”。除修复连接秦、赵、燕长城以御敌外，蒙恬还修筑了北起九原、南至云阳的直道以便于调兵，构筑了坚固漫长的边防线。

③ 秦朝灭亡后，匈奴再度崛起。汉初刘邦率三十二万大军御驾亲征，不料却被匈奴困于平城（今山西大同）白登山七昼夜。

④ 无奈于立国之初国力匮乏，刘邦只好接受娄敬的建议，以“和亲”政策即汉室公主嫁于匈奴单于，以此缓和、改善胡汉关系，求得边境安宁。

⑤ 武帝登基时，国力强盛，为雪高祖被困之辱，他派卫青、霍去病、李广利等率军屡征匈奴，取得重大战果。但此后胡汉又屡战屡和。公元前33年，匈奴呼韩邪单于归服于汉，自请为婿，娶王昭君（宫女，冒称公主）与汉修好。此后六十多年，胡汉边境安定和平，未发生大的战争。

十八 文景之治[①]

天下苦秦已久矣！

汉初与民以休息。

乱世过后崇黄老，

承平之时且安居。[②]

文景两代无为治，

朝野上下有所依。[③]

国泰民富人思定，

“大汉气象”已奠基。[④]

①“文景之治”是自公元前180年至公元前141年间，继周初“成康之治”后由汉初文帝、景帝父子开创的中国历史上第二个盛世。

② 经历了秦朝残暴统治和秦末起义、楚汉战争之后，社会经济遭受严重破坏，民生极度贫困。汉初，高祖刘邦采取轻徭薄赋、与民休息的政策，鼓励生产，发展经济，百姓安居乐业，国力得到恢复。

③ 刘邦、吕后死后，陈平、周勃平定了诸吕，文帝、景帝继续奉行黄老（道家）的“无为而治”，推崇“以德化民”、清静不扰民的治国理念，社会安定，百姓富足，国力强盛。

④《史记》载：“汉兴七十余年间，国家无事……京师之钱巨万，贯朽而不可校。太仓之粟，陈陈相因，充溢露积于外，至腐败不可食。”文景二代为武帝的文治武功创造了有利条件，奠定了坚实基础。

十九 凿空西域

武帝立誓灭匈奴，

欲以月氏为手足。[①]

张骞自荐使西域，

单于羁縻成役仆。[②]

洞悉气象与地理，

通晓风物和民俗。[③]

“凿空”之功逾千古，

丝绸之路变通途。[④]

① 汉武帝刘彻为雪高祖当年被困平城之耻，也为彻底解除边患，发誓扫灭匈奴。他听说大月氏在匈奴逼迫下离开故地西迁，遂萌生了以其为援手、东西合击匈奴的念头。

② 郎官张骞愿为使者，前往西域寻找大月氏，劝其与汉合作共击匈奴。公元前139年，张骞一行从长安出发，沿河西走廊一路西行，途中却被匈奴截获，押送至王庭（今内蒙古呼和浩特）滞留长达十年。寻机脱逃后，他与随从堂邑父仍西行继续完成使命，历尽千难万险，终于找到了大月氏，无奈他们已无意再东归复仇。返程中张骞又被匈奴俘获，再度寻机脱逃回到长安。

③ 张骞此行虽无功而返，但他由此对西域各国及沿途的山川地貌、气候物产、风土民俗等有了较深的了解。武帝封其为“博望侯”，并派他第二次出使西域，汉帝国由此建立了与乌孙、康居、大宛、大夏等西域和中亚各国的联系。

④ 司马迁将张骞出使西域誉为“凿空”，意为开辟大道。张骞所开辟的“丝绸之路”，为东西方文化交流与商业贸易作出了巨大贡献。

二十 独尊儒术

黄老之术行汉初，

无为而治国富足。[①]

励精图强汉武帝，

征问策对董仲舒。[②]

攻乎异端奉正统，

罢黜百家独尊儒。[③]

孔孟之道虽兴盛，

天象灾异杂“野狐”。[④]

① 汉朝建立之初，由于秦末大起义及楚汉之争的连年战乱，举国萧条满目疮痍。高祖及惠、文、景帝均奉行黄老（道家）之术，无为而治，与民休息，国力得到恢复并日渐强盛。

② 武帝刘彻继位后，崇尚儒家思想，意欲大有作为，遂下诏令各郡国举孝廉贤良，诏问对策，力图变古求新，确保长治久安。大儒董仲舒以“天人三策”对之，武帝甚悦，全盘采纳。

③ 董氏对策的主要观点是：君权神授，天人感应；推明孔氏，抑黜百家；以天象示警，以灾异约束帝王行为，即所谓“天谴”。“不在六艺之科、孔子之道者，皆绝其道，邪辟之说灭息。”

董仲舒以儒学为基础，以阴阳五行为框架，兼杂黄老等思想，建立了具有神学倾向的新儒学体系。春秋战国以来从未被统治者重视的儒家学说，自此获得了“独尊”的地位。

④ 但董仲舒这些夹杂着天象、灾异、谶纬等糟粕的东西，是对原始儒学的极大歪曲，实属“野狐禅”。“子不语怪、力、乱、神”，孔子从来就不提倡甚至极厌恶这样的怪异之说。不仅于此，董仲舒还把孔子的“君君臣臣父父子子”等论述异化为“三纲五常”（君为臣纲，父为子纲，夫为妻纲），儒学偏离了正确的道路。

二十一 光武中兴[①]

光武中兴复汉家，

云台功臣二十八。[②]

仕宦当作执金吾，

娶妻当得阴丽华。[③]

群雄并起争天下，

一枝独秀绽奇葩。[④]

基业重续国祚继，

百年老树开新花。[⑤]

① 西汉末年，自成帝、哀帝至平帝，或为幼主，或是昏乱，外戚坐大，国势日衰。王莽篡汉，自立新朝，但其改革失败，又导致天下大乱，绿林、赤眉军等相继起义，新朝覆灭。汉室宗亲刘秀最终荡平群雄，光复汉室，史称“光武中兴”。

② 云台二十八将是在刘秀麾下助其一统天下的功臣宿将，多为其同乡故旧，如邓禹、吴汉等。

③ 这两句话是刘秀青年时的人生梦想。当年他“适新野，闻后（阴丽华）美，心悦之。后至长安，见执金吾（保卫京城和宫城的禁军主将）车骑甚盛”，故出此言。后来刘秀不仅梦想成真，娶阴丽华（后为皇后）为妻，还当上了皇帝，远远超出其预定的目标。

④ 刘秀在起义军中凭借昆阳一战所展现的勇气与智慧，逐渐脱颖而出，力量迅速壮大。

⑤ 公元25年，他于河北登基，是为光武帝。经过十一年的征伐，他先后消灭了更始、赤眉和关东、陇、蜀等割据势力，使得被王莽新朝拦腰斩断的百年汉室得以恢复。刘秀迁都至东都洛阳，故史称“东汉”或“后汉”，以区别于“西汉”“前汉”。

二十二　佛教东传

佛祖本名悉达多，
菩提悟道成佛陀。[①]
明帝解梦使西域，
白马驮经来中国。[②]
大乘译典缘支谶，[③]
天竺传经自达摩。[④]
玄奘西游继法显，[⑤]
禅宗开枝广传播。[⑥]

① 佛祖释迦牟尼本名乔达摩·悉达多，是古印度迦毗罗卫国王子，因困惑于人生的无常、苦难与烦恼，痛心于人的生老病死，遂舍妻抛子，出家修行。三十九岁那年，他在菩提树下禅定七天七夜，终于大彻大悟，成为佛陀（觉悟者）并创立佛教，提出了“轮回”“八正道”“四谛”等一整套佛学思想。

② 佛教最早传入中国应为东汉时期。明帝梦金人于殿廷，求解梦于大臣。有博学者释之，明帝遂遣使西行，使者在大月氏国遇高僧竺法兰、摄摩腾，以白马驮佛像佛经，将其请至洛阳。明帝为此特意修建白马寺，是为中国第一座佛教寺院。

③ 桓帝、灵帝时期，大月氏国高僧支谶来到中国，翻译了《道行般若经》等九种大乘教经典，大乘佛法由此成为在中国传播的主要流派。

④ 南北朝时期，天竺国（印度）高僧达摩通过海路到达广州，再北行至北魏弘法。他面壁十年，终于顿悟，成为禅宗始祖。

⑤ 而最早西行去天竺取经的是东晋僧人法显。公元399年，六十五岁的他从长安出发，经西域到达天竺国，在各地求法学经，十四年后自海路归来。二百三十年后，唐僧玄奘沿着与法显几乎同样的路线也到了印度，十七年后取经归来，受到唐太宗的隆重迎接。他们为佛教东传作出了卓越贡献。

⑥ 佛教的中国化由禅宗完成。禅宗由达摩祖师创立，其宗旨为“不立文字，明心见性”。经由慧可、僧璨、道信、弘忍传于惠能。安史之乱后，禅宗分为南、北两派，北宗神秀主张“渐悟”，而南宗惠能则强调“顿悟”“见性成佛”，这就为佛教的通俗化、大众化开辟了广阔道路。

二十三 党锢之祸

桓灵昏乱朝纲倾，
太监擅权“党锢”兴。①
人中之英有“八俊”，
一世所宗唯“三君”。②
未除阉宦惜窦武，
终死狱牢憾李膺。③
冤案未平天下乱，
遍地都是黄巾军！④

① 东汉末年，宦官与外戚交替专权，政治极其黑暗。阉党胁迫皇帝，败坏朝纲，为祸朝野，而外戚如窦武则相对比较正直，因此朝中清流人士与之联合，共同对抗阉党。他们品行端正，有正义感，却遭到桓、灵二帝和阉党的迫害，造成了三次“党锢之祸”，外戚和清流均遭受沉重打击。

② 清流派得到世人的尊敬与景仰，尊其为“人之英”“一世之所宗”。其中“三君”为陈蕃、窦武、刘淑，“八俊”为李膺、荀昱、杜密、王畅、刘祐、魏朗、赵典、朱寓。

③ 在第二次“党锢之祸”中，大将军窦武与太尉陈蕃合谋铲除阉党曹节、王甫等，却因事泄而遭其反扑，窦武兵败自杀，陈蕃被捕后遇害，功败垂成。

受此株连，李膺等百余人被下狱处死，另有数以百计的清流党人被流放、贬谪，受牵连者更是不计其数。未死者均被列入黑名单，终身禁锢，不得为官。故称为“党锢”。

④ 第三次“党锢”之后的第八年，黄巾军起义爆发。灵帝担心党人与之一同作乱，才下令大赦，但他至死也未予其平反。直到二十二年后，朝廷才下诏为清流党人平反昭雪。此时东汉已行将就木。

二十四 黄巾起义

灵帝昏乱已至极，

人祸天灾民流离。[①]

张角创设“太平道”，

九州高扬起义旗。[②]

苍天已死黄天立，

岁在甲子天下吉。[③]

汉室濒危将就木，

三国鼎立成新局。[④]

① 东汉末年，朝政腐败，宦官、外戚轮番专权。灵帝时期，政治更是腐朽至极点，灵帝竟公然卖官鬻爵，年俸两千石的官位标价两千万钱。加之水旱虫蝗连年不断，人民流离失所，无以为生。

② 巨鹿人张角创立了太平道，自称“大贤良师”，为徒众和百姓以符咒医治疫病，并派弟子四方传道，甚得民望，“天下襁负归之”。其信徒遍布中原八州，达数十万众。

③ 公元184年（农历甲子年），张角自号“天公将军”，传令三十六方徒众在二十八个郡同时起义。起义军头裹黄巾，宣称“苍天（汉室）已死，黄天（黄巾军）当立。岁在甲子，天下大吉”，宣告汉朝行将崩溃，新朝即将代立。这是中国历史上继秦末起义之后，一次更大规模、更有组织的农民起义。

④ 面对这一巨大冲击，本已腐朽不堪的东汉政权气息奄奄，行将就木。在各路军阀豪强的镇压下，黄巾起义最终失败。但在镇压起义中崛起的曹操、刘备、孙权三大军事集团，却又形成了鼎足而立的魏、蜀、吴三国，史称“三国”时期。

二十五 三国鼎立

桓灵昏庸外戚兴，

阉竖乱政国柄倾。[①]

张角创立太平道，

朝廷攻伐黄巾军。[②]

群雄借机成己势，

天下自此裂三分。[③]

强魏兴师灭弱蜀，[④]

司马篡魏平吴孙。[⑤]

① 一个朝代到了末期，往往各种政治势力相互倾轧，钩心斗角，争权夺利，形成残酷激烈的政治斗争。东汉到了桓、灵二帝时期，即是如此。皇帝昏聩软弱，外戚与宦官势力此消彼长，争斗不休，致使朝政混乱，社会动荡。

② 太平道创始人张角以符咒治病收揽人心，广招徒众，并发动黄巾军起义。朝廷号令各地军阀与豪强“勤王平乱”，起兵围剿。

③ 这就为“诸侯”们堂而皇之扩张势力和地盘、称雄割据提供了天赐良机。借镇压起义而崛起的曹操、刘备、孙权，在相继平定了其他诸雄之后，各据一方，形成了魏、蜀、吴三国鼎立的态势。

④ 刘备死后，诸葛亮继承其遗志，六出祁山北伐中原，力图恢复汉室，却“出师未捷身先死”。公元263年，魏国大将邓艾、钟会、诸葛绪三路大军攻蜀并平定西蜀。

⑤ 公元265年，司马炎篡魏自立，晋朝建立。280年，晋军渡江平定孙吴政权，最终完成统一大业。

二十六 五胡乱华

“八王之乱”自残杀，[1]

“五胡”趁机入中华。

匈奴鲜卑羯羌氐，

快如走马乱如麻。

南北分裂三百载，

山河变更十六家。[2]

江南幸有东晋在，[3]

宋齐梁陈后庭花。[4]

① 公元265年，司马炎篡魏，晋朝建立，是为晋武帝。司马氏家族经司马懿、司马师、司马昭、司马炎祖孙三代的苦心经营，终于夺得天下。但统一后不久（291年），由于继任的惠帝无能，贾后擅权专横，皇族内部手足相残的“八王之乱”便爆发了。

② 趁此内乱，起于北方和西部的五个游牧民族匈奴、鲜卑、羯、氐、羌进入中原地区，先后建立起前赵、后赵、前秦、后秦等十六国，史称“五胡十六国”。中原大地，怎一个“乱”字了得！

③ 公元316年，西晋灭亡。次年，晋琅琊王司马睿在重臣王导、王敦的拥立下，在建康（今江苏南京）继位，史称“东晋”，以长江为界，形成与北方诸国对峙的局面。

④ 公元420年，东晋大将刘裕篡位，建立刘宋政权。此后，南方相继发生篡立，先后建立起齐、梁、陈等政权。陈朝最终为北方统一后建立的隋朝所灭，后主陈叔宝的《玉树后庭花》成为亡国之音。中华再度归一。

二十七 魏晋风度

世道昏乱何所栖？

命如风烛瞬间熄。[①]

“建安七子”命多蹇，[②]

“竹林七贤”狂不羁。[③]

人生几何如朝露，

岁月难再过白驹。

为乐及时莫虚度，

纵酒放歌皆自欺。[④]

① 东汉末年以来，经历了黄巾军起义、三国鼎立、平定蜀吴等战乱和由此带来的饥馑、瘟疫的破坏，以及魏晋政治的黑暗与混乱，人的生命变得如此轻贱，一如草芥被践踏，又如风中之烛，瞬间就可能熄灭。文人士大夫那脆弱的心灵，更是无处归依，无枝可栖。

② 名噪天下、文采斐然的“建安七子”中，孔子的二十世孙孔融为曹操所杀，阮瑀早死，陈琳、王粲、徐幹、应玚、刘桢五人均死于瘟疫。

③ 风华绝代的“竹林七贤”在这样的境况中，只能用放浪形骸、狂荡不羁的行为方式，表达对于生命的珍爱和对司马氏篡魏的不齿与不合作态度。

④ 人生譬如朝露，去日苦多；生命好似白驹过隙，瞬间而已。既然如此，何不秉烛夜游，及时行乐，尽情地享受生活的欢乐？于是他们脱衣裎裸体，纵酒恣欢谑，表面看似荒诞不经，内心实则极度苦闷，借此以宣泄胸中块垒。

即便如此，他们还是无法摆脱这黑暗的现实。嵇康被司马昭罗织以“违反礼教”之罪名，留下一曲《广陵散》后被戮，曲终人尽。阮籍也只能用曲折的笔法写下抑愤的八十二首《咏怀》诗。但他们造就的仙风道骨般的“魏晋风度”，却成为千百年来人们为之神往、可望而不可即的精神气质。

二十八 淝水之战

苻坚意欲统南北，

百万雄师临淝水。①

东晋完卵悬危巢，

谢安弱羊入虎嘴。②

金戈铁马破寇兵，

鹤唳风声惊神鬼。③

对弈正酣捷报传，

神闲气定棋不悔。④

① 公元383年，刚刚统一北方的前秦国君苻坚，挟大胜之势，亲率八十七万大军，号称百万，南征东晋，到达淝水（今安徽寿县）北岸。他放言：“以吾之众旅，投鞭于江，足断其流！”

② 江南的东晋政权处于存亡危急之中。危巢之下，安有完卵？羊入虎口，岂能幸存？当此之际，主持朝政的谢安遣其弟谢石、侄儿谢玄率八万北府兵迎敌。

③ 苻坚派晋朝降将朱序前来劝降，不料朱序已决心归晋，并献破敌之计。决战时，苻坚欲趁晋军半渡而击之，令秦兵稍退。这时朱序便借机鼓噪：我军败了，晋军杀过来了！秦军阵脚顿时大乱，晋军乘势掩杀并追击。苻坚中箭败逃，一路上听到风声鹤唳，也以为是晋兵在后穷追不舍，胆战心惊。两年后苻坚被姚苌俘杀，前秦灭亡，后秦建立。

④ 当前方战报传来时，谢安正在下棋。他看完捷报，若无其事，继续对弈。棋友问及战况，他才淡淡地说道：“小儿辈大破贼矣！”淝水之战是历史上以少胜多的经典战例，将南北对峙的局面又延续了半个多世纪，确保了南方经济社会的稳定。

二十九 再造统一

北魏分裂各东西，

西魏改“周”东为“齐”。[①]

东强西弱战事剧，

周胜齐败北方弥。[②]

杨坚篡周隋朝立，[③]

叔宝亡陈后主凄。[④]

破镜重圆金瓯固，

中华再造又统一。[⑤]

① 北魏（386—534年）是由鲜卑拓跋珪创立的北方政权。公元439年，拓跋焘灭北凉，再度使北方归一。自西晋灭亡后，北方“五胡十六国”的分裂割据局面结束。534年因内部矛盾，北魏又分裂为高欢集团的东魏和宇文泰集团的西魏。高欢之子高洋篡位建立“北齐”；宇文泰之子宇文觉篡夺西魏，建立“北周”。

② 初时，北齐军力占优，北周较弱。但身为汉人的高欢却倚重鲜卑族轻视汉人，而作为鲜卑人的宇文泰则反其道而行之，重用关陇豪强，招纳汉人入周，国力军力均大大增强，最终一举灭了北齐，北方重归统一。

③ 北周汉人重臣杨坚暗中一直积蓄和培植力量，图谋篡位。581年，年幼继位的静帝宇文阐将帝位“禅让”给自己的外公杨坚。北周灭亡，隋朝建立。

④ 589年，隋文帝杨坚大举南征，陈朝灭亡，陈后主叔宝被俘。

⑤ 次年，岭南冼夫人率各州归附于隋，自东汉灭亡后，分裂长达三百六十九年的三国两晋南北朝时期终于结束，中华大一统的局面再度出现。

三十 贞观之治

隋末百姓实堪怜，[①]

晋阳起兵解倒悬。[②]

太宗虚心纳忠谏，

臣子尽力进良言。

国强民富人丁旺，

海晏河清举家圆。[③]

大唐帝国开盛世，

万方来朝“天可汗”。[④]

① 公元604年，隋太子杨广弑父（文帝杨坚）自立，是为隋炀帝。炀帝在位十四年中，穷奢极欲，滥用民力，筑东都（洛阳），修运河，下江南，征发劳役不下一千万人次，役死者过半，史载“天下死于役”。他还频繁发动战争，以致民不聊生。611年，隋末农民起义爆发，起义之火从山东、河北燃遍全国。

② 617年，隋将李渊在晋阳（今山西太原）起兵，攻入长安。次年，炀帝在江都（扬州）为宇文化及所弑。李渊遂于长安称帝，国号大唐。

③ 626年，李渊次子李世民发动玄武门之变，杀其兄太子建成、其弟元吉。李渊被迫禅位，世民继位，是为唐太宗。唐太宗是中国历史上少有的明君。他从隋末民变中深刻汲取教训，总结出“君犹舟也，民犹水也。水可载舟，亦可覆舟”的历史经验。因此他选贤用能，从谏如流，重用魏徵、房玄龄、杜如晦等诤臣能臣，唐初开始出现政治清明、经济发展、社会安定的良好局面。

④ 在对内安定发展的同时，太宗对外注重加强与边疆民族和邻国的睦邻友好关系，开展对外交往，促进民族融合，受到突厥、吐蕃等各族的共同尊重，被尊为“天可汗”（意为各民族共同的首领）。

三十一 安史之乱

晚节不保唐玄宗，

宠信奸臣遂放松。[①]

口蜜腹剑李林甫，

巧言令色杨国忠。[②]

淫逸独迷贵妃色，

骄奢偏爱大明宫。

范阳鼙鼓惊天地，

方知燕帝已自封。[③]

① 玄宗李隆基早年励精图治，奋发有为，开创了“开元盛世”。但晚年却耽于享乐，不理朝政，把国家大事都交由李林甫和杨国忠把持。

② 李林甫人称“口如蜜，腹如剑”，他排斥忠良，广植亲信，专权用事十九年；杨国忠则善于理财，更精于搜刮民财，致使朝政腐败，民怨沸腾。他与安禄山的矛盾，是安史之乱爆发的导火索。

③ 唐朝为防范突厥、吐谷浑等游牧部落袭扰，在西、北等边境设立了十个兵镇，委派节度使镇守。安禄山因受玄宗、贵妃宠信，一人竟身兼平卢、范阳、河东三镇节度使，拥兵二十万！公元755年秋，安禄山、史思明以诛奸贼杨国忠为名在范阳起兵，兵锋直指都城长安。翌年正月，安禄山在洛阳称帝，国号大燕。安史之乱历时八年，经三代皇帝（玄宗、肃宗、代宗）才得以平定。大唐由此转衰，成为中国封建朝代的分水岭。

三十二 藩镇割据

安史之乱开先河，
从此藩镇如王国。[①]
父死子继袭节度，
臣号君令胜阎罗。[②]
朝廷诏旨均不奉，
属地赋税皆截挪。[③]
甚者犯上且作乱，
废立皇帝如恶魔。[④]

① 安史之乱爆发后，唐朝廷号令各地节度使勤王平叛。在郭子仪、李光弼、仆固怀恩等部的反击下，加上安、史叛军内部自相残杀，叛乱得以平定。但随之而来的一个恶果是，自此直至唐朝灭亡，各藩镇拥兵自重，俨然成为独立王国。

② 藩镇节度使父死子继，只需先斩后奏，向朝廷报备一下即可。节度使们在各自的地盘上发号施令，掌握一切军政大权，俨然如一国之君。

③ 藩镇拥兵自重，尾大不掉，不但不听朝廷调遣，还把属地赋税全部截留挪用，根本不上缴国库。淮西节度使李希烈公然反叛朝廷，还残忍杀害了前来劝降的颜真卿。

④ 原黄巢起义军将领、后降唐的朱温就是这样一个悍将，他篡唐称帝，建立后梁。曾经何等不可一世的巍巍大唐，就在藩镇割据与宦官专权和“牛李党争”的共同摧残下走向灭亡！

三十三 五代十国

五十三年走马灯，

五代十国各自称。[①]

梁唐晋汉相篡立，[②]

江河湖海且瓜分。[③]

金瓯分裂乏英主，

天下统一待后生。

盖世雄才赵匡胤，

收拾山川定乾坤。[④]

① 五代十国是中国历史上自唐至宋又一段大分裂时期。“五代”是指唐朝灭亡后，相互篡夺、依次更替的五个北方政权，即后梁、后唐、后晋、后汉、后周。而在中原地区以外，还先后存在过前蜀、吴越、后蜀、南唐等十余个割据政权，统称“十国”。“五代”存在的时间总共也才五十三年，如同走马灯一般。

② 公元907年，原黄巢农民起义军将领、后来降唐的朱温篡唐，建立后梁；923年，唐晋王李克用之子李存勖灭后梁，建立后唐；其后又因内乱，被石敬瑭联合契丹攻灭，后晋建立；后晋又被辽军（契丹）攻灭；同时刘知远在太原建立后汉，收复中原；郭威篡汉，建立后周，临终前，传位于其养子柴荣。

③ 在中原相继篡夺的过程中，江南十国割据政权也相继建立，并且把拥有丰富资源的江河湖海都各自瓜分。

④ 后周世宗柴荣病逝后，传位于年仅七岁的恭帝宗训。960年，手握重兵的赵匡胤发动陈桥驿兵变，篡位成为皇帝，改国号为宋。979年，赵炅（匡义）继承赵匡胤遗志，攻灭北汉，扫平南方十国，除被石敬瑭出卖给辽国的燕云十六州外，基本统一了全国。

三十四 陈桥兵变

晚唐藩镇各拥兵，
悍将骄纵擅废君。[①]
北地五代皆如法，[②]
南方十国亦效颦。[③]
后周国疑因主少，
匡胤位高便权倾。[④]
黄袍加身陈桥驿，
江山易主大宋兴。[⑤]

① 安史之乱给中晚唐造成了一个严重的后果，即各藩镇拥兵自重，俨然成为独立王国。藩镇节度使父死子继，且动辄凌驾于朝廷之上，甚至还擅自废立皇帝，气焰十分嚣张。

② 公元907年，唐朝大将朱温篡唐自立，在北方建立了后梁政权。此后，其他人也都如法炮制，相继建立了后唐、后晋、后汉、后周。

③ 南方趁着改朝换代、天下大乱之机，也“东施效颦”，相互篡夺并陆续建立起前蜀、南汉、后蜀、南唐等十个割据王国。南北分裂的局面又一次形成。

④ 后周世宗柴荣是一个颇具雄才大略的君主，他力图收复被后晋皇帝石敬瑭出卖给辽国的燕云十六州，可惜英年早逝，壮志未酬。年仅七岁的恭帝柴宗训继位，后周出现了“主少国疑”的局面，一时间传言四起，人心浮动。时任殿前都点检的赵匡胤位高权重且手握重兵，此际他正受命北上迎击契丹（辽）入侵。

⑤ 公元960年正月初三，大军行至京城（今河南开封）东北约五十里的陈桥驿，当晚军中大哗，部下赵普、赵匡义（匡胤之弟）等以黄袍加于匡胤之身，拥立其成为新皇帝，国号为“宋”。学界普遍认为，从所谓的“契丹入侵”及至“陈桥兵变”，是一场精心策划的篡夺闹剧。

三十五 崇文抑武

拥兵篡位在陈桥，
宋祖魂惊心发毛。①
杯酒释权防兵变，②
太庙立誓作信条。③
崇文抑武武人贱，
偃武修文文士高。④
文化虽盛边防弱，
西夏辽金气焰嚣。⑤

① 赵匡胤在陈桥驿兵变中篡位自立，是为宋太祖。但他登基后却颇不自安，心有余悸，惊魂难定，夜不成寐，总是担心手下将领也会如法炮制，篡夺他的皇位。

② 在丞相赵普的建议下，太祖在宴席中成功劝说石守信、王审琦等手握重兵的大将放弃兵权，歌舞宴乐，尽享人生，颐养天年，用不杀功臣不流血的和平方式解除了篡位威胁，史称“杯酒释兵权”。

③ 太祖同时最大限度地提高文人士大夫的政治和经济地位，并在太庙立下誓约，令其子孙“不得杀上书言事人”。终其一朝，宋从未杀过一个文臣。这在中国历史上是绝无仅有的。

④ 为防止骄兵悍将拥兵自重，太祖派文臣带兵，且三年一换，并大幅贬低武人的身份。与之相反，文人的地位却是历朝历代中最高的。

⑤ 正因如此，宋朝的文化繁荣达至历史的鼎盛时期，甚至超越了汉唐，被称为“崇文盛世”。但由此造成的另一严峻现实是，无论北宋南宋，其国防实力均十分虚弱，武备松弛，边患不断，西夏、辽、金以至蒙古铁骑，均对其形成强大的压迫，故有“苦宋”“弱宋”之谓。

三十六 澶渊之盟

宋辽对峙不共天，
相互战伐结仇冤。[①]
太宗北征攻幽蓟，[②]
辽军南侵困澶渊。[③]
罢兵议和称兄弟，
息战交好助银绢。[④]
缔盟百年无战事，
民族和睦著新篇。[⑤]

① 契丹族源于东胡后裔鲜卑的柔然部。公元916年，契丹首领耶律阿保机趁唐末中原大乱建国，930年统一契丹各部，947年定国号为“辽”。

② 宋太祖赵匡胤统一江南后亲征北汉，其去世后，由宋太宗赵炅（匡义）亲自统兵。辽国派兵援汉，败于宋军。979年，北汉降宋，宋辽由此直接对峙。太宗乘胜进攻幽州，欲借机夺回被后晋皇帝石敬瑭出卖给辽国的燕云十六州，却遭惨败。

③ 1004年，辽圣宗与萧太后率师南侵，一路打到澶州（即澶渊郡，今河南濮阳），宋廷震动，有人甚至提议迁都。宰相寇准力主真宗御驾亲征。真宗登澶州城楼，宋军为之振奋，“皆呼万岁，声闻数十里”，城下聚集军民数十万。而辽军主帅萧挞凛遭宋军伏弩射杀，士气遭挫，且孤军深入，进退两难。故双方皆同意议和。

④ 1005年1月，宋辽签订盟约：双方约为兄弟之国，真宗年长为兄；以白沟河为界，各自撤军；宋每年助辽“岁币”银十万两、绢二十万匹；互市贸易，互通有无。

⑤“澶渊之盟”缔结后，宋辽维持了长达一百多年的和平局面，礼尚往来，通使殷勤，促进了双方的经济文化交流和民族融合。

三十七 崖山海战

此山此门皆谓“崖”，
海角之南是天涯。[①]
秀夫蹈海负幼帝，
世杰擎旗力拼杀。[②]
将士十万皆赴死，
丹心一掬不可拔。[③]
浩气长存天与地，
忠贞不屈卫中华！[④]

① 1279年，决定南宋小朝廷最终命运的宋元海战发生在珠江出海口“崖门”（今广东江门与珠海交界处），其侧即为崖山。再往西南渡琼州海峡，便是海南。

② 宋军与元兵在海上展开了一场生死决战，宋军大败。宋丞相陆秀夫背负六岁的小皇帝赵昺投海自尽，宋帅张世杰兵败突围，遇台风覆舟溺死。

③ 此战十多万宋军及家属均战死或自尽，忠贞不渝，誓死不降，写下了可歌可泣的悲壮篇章！

④ 宋朝虽苦于边患，屡屡被西夏、辽、金以及后起的元寇边侵掠以至覆亡，但终其一朝均尊崇文化、重视礼教，国势虽弱而民尚礼义，“平日袖手谈心性，临危一死报君恩”。因此当国家危难之际，不乏志士仁人挺身而出救亡抗敌，而不像后世明末，奸臣如雨降将如云。

三十八 靖难之役

建文继位即削藩，

五王被废起祸端。[①]

朱棣借口“清君侧”，

燕军兴师“靖国难”。[②]

炳文已老不堪用，

景隆无能屡败还。[③]

篡位虽成号“永乐”，

终其一生难自安。[④]

① 1398年，明朝开国皇帝朱元璋驾崩。因太子朱标早死，皇太孙允炆继位，年号“建文”，故后世称其为“建文帝”。为防止诸藩王拥兵自重犯上作乱，在亲信齐泰、黄子澄的劝谏下，建文帝着手“削藩”，先后罢废了周王、齐王、湘王、代王和岷王。

② 这一举动招致诸王的强烈反应。朱元璋四子、燕王朱棣原本就对允炆继位甚为不满，便假借《皇明祖训》中“朝无正臣，内有奸逆，必举兵征讨”为据，以“清君侧，靖国难”为名，兴兵南征。

③ 因建国之初朱元璋大肆诛杀功臣，主帅良将凋零已尽，朝廷只能命年近古稀的长兴侯耿炳文率军平叛，却遭致败绩。无奈只好临阵换将，曹国公李文忠之子李景隆领命挂帅出征，而此人本是纨绔子弟，素不知兵且“寡谋而骄，色厉而馁”，屡战而屡败。

④ 四年后，朱棣攻至京都金陵（今南京）城下，李景隆竟为内应，开门迎降。宫中火起，建文帝不知所终。朱棣即皇位，是为成祖，改年号为“永乐”。“靖难之役”改变了皇位归属，影响了此后二百多年明朝政治格局及走向。

朱棣虽篡位成功，但其合法性、正当性颇受质疑，况且建文帝生死不明，故其内心颇不自安。他暗中派亲信胡濙到江浙一带寻访建文帝下落，长达十余年。另有传说，郑和七下西洋，也是为了寻找“流亡海外”的建文帝踪迹。

三十九 郑和下西洋

成祖恩德欲宣扬，

三宝太监下西洋。①

耀武异域人敬畏，

扬威海外货通航。②

率众三万何浩荡？

拥船数十多辉煌！③

传言为寻建文帝，

失踪多年或流亡。④

① 明成祖朱棣为宣威海外，宾服四夷，特派三宝太监郑和率船队于1405—1433年间七下西洋。郑和本姓马，云南回族人，因“靖难之役”有功而得朱棣赏识，委以重任且赐姓“郑”。

② 郑和下西洋之举耗费巨大，但其对沿途所到国家领土及主权并无占领和侵犯，对其财富也无掠夺，开辟海路贸易的意愿也不强烈，目的主要是宣示大明国威，令蛮夷畏威怀德，输诚纳贡。

③ 郑和的船队声势浩大，阵容空前，人数两万八千多，船只数十艘，最大的宝船长达四十四丈（约合一百米）。船队先后抵达占城（今越南）、暹罗（今泰国）、爪哇、苏门答腊（今印尼）、锡兰、苏禄等三十多个国家和地区，远至非洲南端、阿拉伯半岛。

④ 郑和下西洋比哥伦布航海探险发现美洲大陆早了八十七年。关于此举之目的，学界和民间也有“到海外寻访建文帝下落”的说法。1433年，郑和死于第七次航行途中。自此，中国不再组织大规模航海活动，而将海洋探索拱手让与欧洲人。

四十 戚继光抗倭

嘉靖倭寇扰海疆，①

大明幸有戚继光。②

苦练新军成狼虎，③

巧布奇阵号“鸳鸯”。④

百年倭患平且尽，

万里封侯慨而慷。⑤

扫荡妖氛浙闽粤，

寂寥英魂归故乡。⑥

① 倭寇始于14世纪日本南北朝分裂时期。1392年，北朝统一日本，失败的南朝封建主纠集一些武士、浪人到中国沿海进行武装走私和海盗活动，他们流落海上，盘踞海岛，劫掠海疆。明嘉靖年间，倭寇与中国海盗相勾结，日渐猖獗，气焰尤甚，史称“嘉靖大倭寇”。

② 1555年，戚继光调任浙江参将，开始了抗倭斗争，并成为彻底解除明朝倭患的中流砥柱。

③ 戚继光得知浙西义乌地区素来民风剽悍，长于械斗，便在当地招募三千壮士组建新军。由于治军有方，屡建战功，人称“戚家军”，威名远播。

④ 戚继光为新军创编了一套出奇制胜的“鸳鸯阵”战法。他根据沿海地区多水田、沼泽、山地的特点，以十二人为一队，各执盾牌、长矛、长枪（火器）、狼筅及短兵器等。阵法随地形和战斗需要而随时变化，灵活机动，出其不意，实战中杀敌成效甚著。

⑤ 1561年，戚家军在龙山大败倭寇，扫平浙东。次年入闽作战，两年内平定福建倭患，再一年后又平广东。自此，明初以来为患两百年的倭患被彻底清除。戚继光“封侯非我意，但愿海波平”的愿望终于实现。

⑥ 然而，由于万历皇帝对张居正的清算，被视为“张党”的戚继光被弹劾罢职，最后在家乡山东孤寂而终，年仅六十一岁。

四十一 东林党议

仕途被黜归东林，

讲学议政皆论评。[①]

风声雨声声入耳，

国事家事事关心。[②]

高居庙堂悯百姓，

远在江湖忧其君。[③]

自命清流排奸党，

无奈大厦已将倾！[④]

① 明朝晚期，张居正变法被万历皇帝废除后，保守势力操纵朝政，朝纲益乱，国力渐衰，国是日非。一些有良知的士大夫发出了关心国是、改革弊政的呼声。顾宪成便是其中的代表。他罢官回乡后，开始在东林书院讲学，并与其弟允成和高攀龙等人发起月会，议论朝政，品评官吏，标榜气节，崇尚实学。

② 宪成有一名联，道尽“天下兴亡，匹夫有责”之旨：“风声雨声读书声，声声入耳；国事家事天下事，事事关心。”

③ 儒家士大夫秉承“以天下为己任”的社会责任感和使命感，“居庙堂之高，则忧其民；处江湖之远，则忧其君”（范仲淹）。

④ 东林党人以“清流”自居，要求廉正奉公、整顿吏治、革除积弊、开放言路，反对宦官干政和依附于皇亲国戚及阉竖的浙、楚、齐党，因而招致他们的排挤打击。权阉魏忠贤编撰《东林点将录》，将其打入另册。1625年，天启皇帝下诏拆毁全国书院，东林书院更是在劫难逃，杨涟、左光斗等一批正直官员遭到虐杀。两年后崇祯继位，魏忠贤失势自尽。东林党人获得平反，书院重建。可惜的是，此时明朝距亡国也只有十几年了！

四十二 清军入关

努尔哈赤统女真，

设立“八旗”建“后金”。①

告天报仇“七大恨”，

临阵殒命宁远城。②

崇祯枉杀袁崇焕，③

京城突入李自成。④

冲冠一怒吴三桂，

开门揖盗迎清军。⑤

① 自1583年起，出身于建州女真部爱新觉罗氏的努尔哈赤相继兼并了海西、东海女真，统一了女真各部，建立起兵民合一、平战结合的“八旗制度”。1616年，他建国称“汗”，国号“大金”，史称“后金”，以别于宋朝时的金国。

② 两年后，努尔哈赤以“七大恨”（包括其祖父觉昌安、父亲塔克世被明军误杀）告天，誓师伐明，报仇雪恨。次年金军在萨尔浒大败明军。1626年在宁远攻城战中，努尔哈赤被明将袁崇焕用红衣大炮炸伤，不久身亡。其子皇太极继位。1636年，皇太极改称帝，改国号为“大清”。

③ 明崇祯帝对袁崇焕委以重任且优礼有加，任其为兵部尚书、蓟辽督师，望其担当起复辽重任。崇焕为宽慰皇帝，也轻易作出“五年复辽”的承诺，却因举措失当，导致清军兵临北京城下。崇焕虽率部力战，解救了京都之围，却被诬“通敌”，终被凌迟处死。

④ 外患未平，内乱又起。1644年，闯王李自成起义军攻陷北京，崇祯自缢于景山，明朝灭亡。

⑤ 明山海关总兵吴三桂原已打算归顺于李自成，但当他得知其父吴襄遭闯军大将刘宗敏拷掠追赃，爱妾陈圆圆亦被掳时，冲冠大怒，遂决定投降清军，开关延敌。吴清联军击败闯军，进占北京。同年，清顺治帝迁都北京，入主中原。

四十三 康乾盛世

盛世少有乱世多，
康乾又奏升平歌。[①]
百年文治修“四库”，[②]
“十全武功”定山河。[③]
祖孙精通汉文化，
朝野重视儒学说。[④]
陶然不知世局变，
天朝大梦难醒觉。[⑤]

① 自康熙1661年即位，康熙、雍正、乾隆祖孙三代共在位一百三十多年，共同创造了封建王朝最后一个“盛世”。但由于雍正临朝仅十三年，加上他大兴“文字狱”，统治手段又极其残暴，故后世史家往往“忽略”了他，只称“康乾盛世”。

② 清朝统治者汲取了元朝鄙视汉文化、短命而亡的历史教训，祀孔尊孔，重视儒家文化，笼络和折服汉族士人。康熙诏举博学鸿儒以奖励文学，组织编纂了《古今图书集成》和《康熙字典》，乾隆历时十余年修编了《四库全书》，系统整理了中华文化遗产，但也借机销毁了大量“异端”的珍贵典籍。

③ 既有文治，亦有武功。康熙收复了台湾，平定了降将吴三桂、耿精忠、尚可喜的“三藩之乱”和回疆、准噶尔之乱。乾隆也相继平定了准噶尔、大小和卓叛乱，统一了天山北路南路；击退了廓尔喀的进犯，稳定了西藏局面。乾隆因所谓的“十全武功”而自诩为“十全老人”。

④ 这祖孙俩还十分痴迷于汉文化，除了都能写一笔漂亮的书法外，乾隆一生还写下了四万多首诗，堪与《全唐诗》的篇幅相齐。在他们的倡导下，满族官员大多精通汉文，满人也都参加科举且有不俗表现。

⑤ 正如以往的历朝历代，清朝同样盛极而衰。康雍乾时期，正是西方列强崛起于海洋、称雄于全球，世界格局发生巨变的时期。而他们祖孙却依然陶醉在“天朝大梦”之中，对这一“三千年未有之变局”漠然视之，茫然无知，最终让后世子孙们尝到了闭关锁国的恶果。

四十四 英使使华

英王遣使寿乾隆，①
马戛尔尼斯当东。②
不畏艰辛旅途险，
惟求开放商路通。③
波涛万里未嫌远，
皇帝咫尺却扑空。④
化外之夷应朝贡，
天朝上国我为宗。⑤

① 公元1500年前后，以葡萄牙、西班牙为首的欧洲国家开始向东方和美洲的海上探险，史称“地理大发现”。随之而来的殖民扩张和财富掠夺，使得他们一夜暴富。荷兰、法国、英国等也紧随其后，加入了这一行列。英国后来居上，在科学和工业革命的推动下成为世界工厂和头号强国。

② 英国的工业制成品需要广大的市场，人口最多的中国成为他们的首选。因此，英国国王乔治三世以为乾隆祝寿之名，派遣马戛尔尼、斯当东为正副使，带着两大船代表最新科技工业水平的贺礼来到中国，最终却一无所获。

③ 使团历时数月，行程万里，目的就在于恳请中国皇帝恩准开放若干沿海口岸，便于双方开展“平等贸易”。

④ 英国人没有想到，这一要求对长期闭关锁国的清朝而言简直不可理喻，遭到了断然回绝。乾隆回应道：我天朝上国，种种贵重之物，梯航毕集无所不有，无须与尔互通有无。史家将之形象化地称为“一场聋子与哑巴的对话”。

⑤ 在古代中国的“天下观”中，中国为“中央之国”、宗主之国，雄视天下，万方来朝，四周皆为藩属国和蛮夷小国，理应向我称臣纳贡，何来“平等贸易”之说？乾隆在给英王的回信中傲慢地写道：“尔国王此次赍进各物，念其诚心远献，特谕该管衙门收纳。……尔国王惟当善体朕意，益励款诚。永矢恭顺，以保乂尔有邦，共享太平之福”。

四十五 鸦片战争

闭关锁国拒通商，

乾隆颟顸子孙殃。[①]

鸦片走私贸易旺，

烟毒弥漫身心戕。[②]

林公严词斥义律，[③]

琦善巧言诳道光。[④]

战败割地且赔款，

列强纷至哀国殇！[⑤]

① 由于对“天朝上国”之梦的沉迷，对世界大势变迁的无知，以及长期以来闭关锁国政策的推行，清朝统治者乾隆颟顸武断地拒绝了英国开放口岸和通商的请求，为其子孙、更为中华民族带来了“三千年未有之变局”和深重的灾难。

② 英国商人找不到正当的渠道和货物与中国进行贸易，便找到了一条歪门邪道和一种“合适的替代品”——用印度生产的鸦片，通过走私打开了中国的大门。鸦片由罂粟果实加工制成，原为药用，多次吸食即成瘾，对人的身心健康均会造成极大的伤害。疯狂的鸦片走私还导致白银大量外流，银价高企，对社会经济造成严重危害。

③ 湖广总督林则徐在奏疏中写道：“若犹泄泄视之，是使数十年后，中原几无可以御敌之兵，且无可以充饷之银。”道光皇帝阅后，即委其为钦差大臣，赴广东禁烟。林公赴任之后，雷厉风行查禁鸦片，严词责令英使义律督促英商缴烟。1839年6月，将收缴的二百三十七万余斤鸦片在虎门海滩当众销毁。

④ 次年6月，英国远征军抵达广东海面，鸦片战争爆发。惊慌失措的道光却指责林则徐“轻启边衅”，将其革职，充军新疆伊犁。继任的钦差琦善则投其所好，在与英人的交涉中虚与委蛇。

⑤ 英人不满清政府含糊不清的态度，恃其船坚炮利，相继攻陷定海、虎门、厦门、宁波等地，直捣南京城下，两江总督裕谦和六名总兵及数以千计的清兵殉难。1842年8月，中英《南京条约》签订，割让香港岛，开放上海、宁波、福州、厦门、广州五口通商，赔银洋两千一百万元。以此为开端，中国与东西方列强签订了一系列不平等条约，逐渐沦为半殖民地半封建社会。

四十六 天京事变

“天父附体”信为真，[1]

永安建制遗祸根。[2]

东王逼宫谋“万岁”，

天王下诏令“除凶”。

昌辉滥杀殃战友，

达开斥责危己身。[3]

同室操戈相戕戮，

天国转衰弃前功！[4]

① 太平天国起义前，正在广西紫荆山区组织“拜上帝会”的冯云山被捕，遣返回籍。洪秀全闻讯后赶回广州设法营救，一时群龙无首。为安定教众人心，杨秀清利用当地流行的“降童”迷信，宣称自己是“天父下凡附体”，代天父传言，教徒们都信以为真。待秀全回到广西，不得已确认了杨的这一权力。

② 1851年1月，洪秀全举行金田起义，自称“天王”，国号“太平天国”。这年秋，太平军打下永安州，在此休整半年多，建立了初期的官制、礼制、军制等制度，并分封诸王：杨秀清为东王九千岁，西王萧朝贵为八千岁，南王冯云山为七千岁，北王韦昌辉为六千岁，翼王石达开为五千岁。诸王皆归东王节制。这就为后来东王的擅权专横埋下了伏笔。

③ 太平军不到三年便横扫长江诸省，打下了金陵，改名“天京”，并建都于此。1856年6月，东王在率军分别击破清军的江北、江南大营，解除天京三年之围后，愈加骄横，又借“天父附体”，假天父之口，要求天王封他为“万岁”。天王无奈，只好勉强答应。

洪秀全深感地位岌岌可危，便密令在前线统兵的北王、翼王和燕王秦日纲回京“除凶”。9月4日，先行赶回的韦、秦二王率兵突袭东王府，诛杀东王及亲属部属两万余人！晚到的石达开斥其滥杀，竟差点自身难保，连夜缒城逃亡，在安庆起兵讨韦。

④ 韦、秦几近疯狂，竟率兵攻打天王府，被天王卫兵诛灭。翼王石达开此后又受到天王的猜忌与排挤。一怒之下，他负气出走，带走了数十万精兵良将。“天京事变”导致天国和太平军队伍分裂，人心涣散，大好形势从此逆转，逐渐衰落以至灭亡。

四十七 洋务运动

天朝上国遭重袭，

方知列强不可敌。①

自强必先强军力，

师夷长技以制夷。②

买枪购炮造巨舰，

开矿办厂兴格局。③

甲午惨败梦方醒：

制度不改皆毛皮！④

① 1856年，第二次鸦片战争爆发。英法联军攻入北京，火烧圆明园。咸丰皇帝逃至承德，惊吓过度，一病不起。朝野上下这才对西方的强大和“厉害”有了切身的感知，知其不可小视。

② 19世纪60年代，在平定了太平天国之后，在曾国藩、李鸿章、左宗棠、沈葆桢等重臣的推动下，以“自强”为主旨的洋务运动开始兴起，但其思路，仍不出40年代鸦片战争后魏源在《海国图志》中提出的“师夷之长技以制夷”。清政府变革自强的脚步，蹉跎了整整二十年光阴！

③“自强”运动并未触及封建制度的根基，而只局限于创办军民用企业（煤矿、航运、兵器、铁路、电报等）、创建新式军队（北洋、南洋水师，新军等）和学校（船政学堂等）。但这一局面的变化，仍让人期待不已，被誉为“同（治）光（绪）中兴”。

④ 遗憾的是，随着中国与同时期开始“明治维新”的日本在1894—1895年甲午之战较量中的惨败，洋务运动宣告“破产”。一个不触动制度之本的改革，只能是小打小闹的“皮毛式”革新，因此注定是要失败的！

四十八 甲午战争

日本侵华久蓄谋，

剑指朝鲜有所求。①

攻占王宫扶傀儡，

挑起衅端费运筹。②

陆上进击刘公岛，

黄海激战大东沟。③

台湾割让水师灭，

天涯何处是神州？④

① 近代以来，日本觊觎中国领土的野心蓄谋已久，昭然若揭。1868年，明治天皇把实行对外扩张作为国策，首先将侵略矛头指向与中国有着藩属关系的朝鲜。

② 1894年（农历甲午年），朝鲜爆发“东学党”起义，请求清政府派兵镇压。7月23日，日军借机悍然攻占朝鲜王宫，扶持成立以大院君为首的傀儡政权，并强行驱逐屯驻牙山的清军。25日，日本不宣而战，在丰岛袭击了清军运兵船“济远”“广乙”，击沉了“高升号”，由此引发了甲午战争。

③ 9月17日，向朝鲜运兵护航的北洋水师在黄海大东沟与日军舰队遭遇，苦战五个多小时，沉毁五舰，伤四舰，实力严重削弱。1895年2月，日军由山东荣成登陆，攻占威海卫，进击刘公岛，北洋水师停泊港内的舰船几乎全被击沉或俘获，提督丁汝昌等自杀殉国。

④ 4月17日，丧权辱国的《中日马关条约》签订，清廷赔偿日本两亿两白银，并割让台湾岛。谭嗣同闻此，写下了“四万万人齐下泪，天涯何处是神州?”的悲怆诗句。

四十九 庚子事变

慈禧仇洋泄积怨，
宣战仰仗义和团。①
刀枪不入“金钟罩”，
符篆加身设神坛。②
王公大臣尽倚重，③
教徒神父均戮残。④
辛丑赔款数亿万，
量我国力结友欢。⑤

① 戊戌变法后，慈禧太后痛恨列强对维新派的支持，一直想找个机会发泄怨气。恰好此时，义和团运动兴起。慈禧认为“民心可用”，遂倚恃义和团的力量，狂妄地向列强（八国）宣战。而义和团也不失时机地打出了“扶清灭洋”的旗号。这一结合最终酿成了“庚子事变”。

② 义和团的前身为流传于山东、直隶一带的梅花拳，后改名“义和拳”，最初以习武强身为目的。义和团设坛以为基层组织，上设总坛及团，以领导和发动群众参与。

③ 山东巡抚毓贤、大学士刚毅等对义和团的仇洋灭洋举动赞许有加。庄亲王载勋、端郡王载漪等皇亲国戚更是倍加倚重，甚至把自己的王府都腾出来供进京的团众休整食住。

④ 1900年（农历庚子年）1月，慈禧发布护团诏令，山东拳民纷纷涌入直隶，6月进京，烧教堂杀教徒。21日，清廷正式向列强宣战。八国联军由天津登陆，8月14日进攻北京。慈禧与光绪出京逃往西安。

⑤ 慈禧西逃途中，下诏剿杀义和团，斥其为“罪魁祸首”。翌年（农历辛丑年）清廷与列国签订的《辛丑条约》规定，清国向列国赔偿四亿五千万两白银（意为四亿五千万中国人每人一两，以示侮辱）。而慈禧在给列强的信中竟无耻地写道：“量中华之物力，结与国之欢心。”庚子事变使苦难深重的中国坠入愈加黑暗的深渊。

五十 辛亥革命

“保路运动”风云涌，[①]

调兵弹压武昌空。[②]

新军乘势举首义，[③]

各省响应脱清廷。[④]

众推黄兴总司令，

公选孙文大总统。[⑤]

中华民国自今始，

千年帝制由此终！[⑥]

①在经历了两次鸦片战争、太平天国运动、甲午战争、庚子事变等战乱和动荡的冲击之后，晚清这座大厦已是千疮百孔，风雨飘摇。1911年（农历辛亥年）5月，清政府祭出昏招，发布“铁路国有”上谕，将民间筹资建设的铁路收归国有，各地纷纷发起“保路运动”。

②四川保路运动斗争尤其激烈，清政府赶紧抽调湖北新军入川弹压，不料却造成了武昌兵力空虚的局势，欲顾此而失彼。

③武昌湖北新军中的革命团体共进会与文学社负责人孙武、刘公、蒋翊武等人商议后决定，趁此良机共同举行反清武装起义。10月10日晚，首义第一枪打响，起义军占领武昌，湖广总督瑞澂逃离。

④武昌起义的消息传遍全国，十四个省相继宣布独立，脱离清廷。清廷大为震恐，决定招袁世凯出山，镇压起义，收拾残局。

⑤10月28日，同盟会领导人黄兴赶到武昌。11月3日，起义军推举黄兴为战时总司令。12月20日，孙中山回国，29日，由十七省代表公选为中华民国临时大总统。

⑥1912年1月1日，中华民国正式成立。它不仅宣告统治了二百六十八年的清政权的灭亡，还标志着在中国有着两千一百三十二年历史的封建帝制彻底结束！

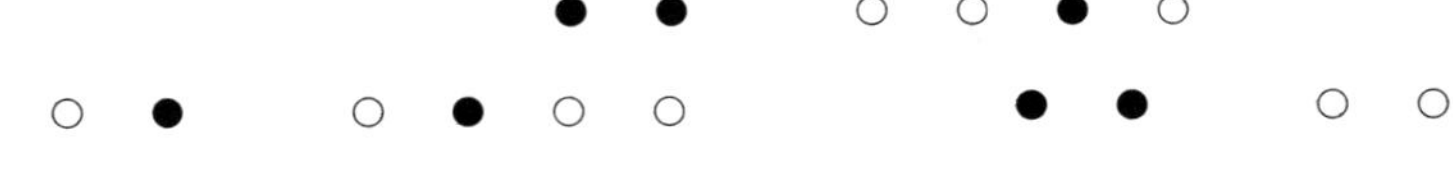

中华历史人物诗传

（一百首）

一 周公

武王翦商旋驾崩，

新朝初立赖周公。①

作乐以音和上下，

制礼明位定卑尊。②

封土建国疆管蔡，

兴师平乱灭武庚。③

辅佐幼主奠伟业，

贤德后世仰丰功。④

① 公元前1046年，周武王姬发继承其父文王之遗志，带领周与各诸侯联军起兵讨伐商纣王，商朝灭亡，周朝建立。前1043年，武王驾崩，年幼的成王姬诵继位，武王之弟周公姬旦辅佐朝政。

② 周公总结商朝覆灭的历史教训，提出了“敬德保民”的思想，认为“皇天无亲，唯德是辅”，为此制定了一整套上下尊卑、等级森严、各守本分、各安其位的礼乐（政治）制度，从而奠定了周朝八百年的基业。

③ 武王将商纣王之子武庚封于商都故地，以续其祀，并委派管叔、蔡叔、霍叔（并称“三监”）予以监管。不料武庚竟与“三监”联合反叛，史称“武庚之乱”，旋被周公亲率大军予以平定。

④ 周公是中国历史上少有的贤明政治家和思想家。他的“仁德”政治思想是儒家思想的源头，他也因此被尊为“元圣”。孔子对周公钦慕有加，曾叹曰：“甚矣吾衰矣！久矣，吾不复梦见周公”，“周监于二代。郁郁乎文哉！吾从周”。

二 管子[①]

“五霸”之首当属齐，

辅佐桓公定霸局。

九合诸侯尊王室，

一匡天下攘夷狄。[②]

通货积财盈府库，

富国强兵御强敌。[③]

礼义廉耻四维举，

千秋名节终不渝。[④]

① 管子，名仲，字夷吾，春秋时期著名的政治家，为齐国的强大并成为“春秋五霸”之首立下了不世之功。

② 管仲提出的“尊王攘夷”主张，在辅佐齐桓公建立霸业、牢固确立其在诸侯中霸主地位的过程中发挥了积极的作用，对稳定东周以来周王室日渐衰微的局面，重建周王的权威和地位至关重要。

③ 管仲鼓励生产，发展经济，畅通贸易，广开财源，增强国力，军队的战斗力也在严格训练中得到极大的提高，实现了齐国富国强兵和称霸的目标。

④ 管子曰：“仓廪实而知礼节，衣食足而知荣辱”，“四维不张，国乃灭亡”。他用礼、义、廉、耻这“四维”来教化国民，提升其道德素质并维系国家的盛衰兴亡，对后世礼教产生了重要影响。

三 老子

周室衰微天子哭，

礼乐征伐诸侯出。[①]

大国欺小强凌弱，

小臣坐大众暴孤。[②]

天下纷乱谁可救？

世间苦悲我独呼。

道虽可道非常道，

五千言胜万卷书。[③]

① 周室东迁后，王道衰微，王纲解纽，礼崩乐坏，天子大权旁落，诸侯相互兼并，“礼乐征伐自诸侯出”，天下大乱。

② 诸侯之间大欺小，强凌弱，众暴寡。诸侯国中，“陪臣执国命”，家臣势力坐大，犯上作乱。

③ 面对这种乱世，身为周王室守藏史（相当于国家博物馆、图书馆馆长）的老子无能为力，只能选择逃避，西出函谷关，留下五千言的《道德经》后，不知所终。

四 孔子

年幼失怙命多艰，[①]

天降大任于斯肩。

发愤忘食筋骨苦，

知乐不忧心志坚。[②]

终生克己求复礼，

列国周游解倒悬。[③]

兴废继绝俱成梦，[④]

哲人萎兮泰山巅！[⑤]

① 孔子三岁丧父，未及成人时，母亲又病故，自幼历尽磨难，命运多舛。

② 夫子自道：“其为人也，发愤忘食，乐以忘忧，不知老之将至云尔！”

③ 孔子曰：“一日克己复礼，天下归仁焉。”他晚年周游列国、颠沛流离十四年，希望能游说诸侯以行“仁政”，救乱世之危亡，解民众于倒悬。

④ 孔子之志，在于“兴灭国，继绝世，举逸民”。但终其一生，这一理想都未能实现。

⑤ 孔子登泰山而小天下。临终前他歌道：“泰山其颓乎！梁木其坏乎！哲人其萎乎！”

五 孙子[①]

君子之战礼为先，

春秋以降另开篇。[②]

兵者滥杀谋诡道，

战争嗜血靠无间。[③]

欲擒故纵施障眼，

明修暗度弄虚玄。[④]

《兵法》成书称“兵圣”，

天下从此难安眠。

① 孙子，名武，字长卿，春秋末期著名军事家、政治家，被尊为“兵圣”。他撰著的《孙子兵法》被奉为兵学经典，在军事史上占有极重要的地位。

② 春秋之前，列国之间的战争堪称“君子之战”，一仗只打一天，一战即分输赢，且有“不重（chóng）伤”（当敌人受伤失去战斗力时，不可置其于死地），“不逐北”（追逐敌兵超过五十步即停止追击），“不擒二毛”（不能俘虏老年敌兵，以尊重其人格尊严），“不鼓不成列”等规则。自从《孙子兵法》问世后，这些规则被破坏殆尽。

③《孙子兵法》开篇即曰：“兵者，诡道也。”由此，“兵不厌诈”即风行于世。

④ 于是乎，“欲擒故纵，欲抑先扬，欲取先予”“出其不意，攻其不备”等等计谋和障眼法，在此后的战争中便屡见不鲜，屡试不爽，战争的复杂和惨烈程度也变得愈加不可控制。

❻ 墨子

天下大乱乱无穷，

唯有兼爱可兼容。①

常犯他者曰不义，

勿侵别国谓非攻。②

摩顶放踵利天下，

赴汤蹈火谁不从？③

宁信鬼神不信命，

尚贤始可言尚同。④

① 墨子认为当时天下大乱的根源在于人人争利而不相爱。而墨家与儒家最大的区别，就在前者倡“兼爱”（无差等、一视同仁）而后者讲“仁爱”（爱因血缘关系的亲疏而有差别）。基于此，墨家的兼爱因缺乏现实和人性的基础，较为理想化而难以实现，渐归于湮灭。

② 墨子强烈反对侵略和掠夺他国的不义之战，提倡“非攻”。他曾连续徒步十日从鲁国赶到楚国，成功制止了楚对宋的入侵。

③ 墨家是一个准军事组织，首领称“钜子”，由前任指定继承。钜子要求其弟子“摩顶放踵利天下”，“以自苦为极”，即平时不怕苦，战时（帮助他国抵御侵略）不怕死，赴汤蹈火在所不惜。弟子犯禁，钜子可对其处以私刑甚至是极刑。

④ 除提倡兼爱、非攻外，墨家还倡导节用、节葬、非乐（节俭），天志、明鬼、非命（不信天命信鬼神），尚贤（选贤任能），尚同（服从于一个英明的最高统治者）等主张。

❼ 孟子

“孟母三迁”人称殊，[①]

自幼熟读万卷书。

诗、书、乐、易经为典，[②]

仁、义、礼、智人之初。[③]

如欲治国平天下，

舍我其谁叹悲乎。[④]

浩然之气充天地，[⑤]

儒者当为大丈夫！[⑥]

①“孟母三迁”的故事尽人皆知。孟子与孔子一样自幼丧父，其母为给他创造良好的学习环境，曾三次迁居，为后世所称道。

② 早期儒家以“六经”，即诗、书、礼、易、乐、春秋为经典。

③ 孟子在继承孔子思想的基础上，将仁、义、礼、智发展为“四端说”和“仁政”学说，使之理论化、系统化，故被后世尊奉为仅次于孔子的“亚圣”。

④ 孟子曰：“如欲平治天下，当今之世，舍我其谁也!”

⑤ 孟子曰：“我善养吾浩然之气”，“其为气也，至大至刚，以直养而无害，则塞于天地之间”。

⑥ 孟子曰：“富贵不能淫，贫贱不能移，威武不能屈，此之谓大丈夫!”

八 庄子

参透生死作寓言，

骷髅为枕道旁眠。①

鲲鹏展翅九万里，

斥鷃栖枝数尺间。②

曳尾于涂辟乱世，

大隐在市为神仙。③

庄周梦蝶蝶似我，

我自逍遥上青天。④

① 庄子倡言“齐物论”：齐生死、齐大小、齐物我。故能达观地看待生死，作寓言，枕道旁骷髅而梦，梦中与其辩生死之苦乐。

② 庄子在《逍遥游》中，以鲲鹏和斥鷃为例，以泯大小之别。

③ 庄子摒弃名利权位的诱惑，以全性葆真、追求身心的绝对自由而苟存于乱世，宁做曳尾于涂中的龟，也不愿被供奉于神台之上。

④ 庄子梦见自己变成了蝴蝶，醒来不知何从。他以此泯灭我与物的主客体界限。

九 荀子

世事无常天有常，

不为尧桀论存亡。①

人力足以制天命，②

此心亦能修善良。

生性本恶须起伪，

苦学酬勤可言强。③

弟子离经或叛道，

儒学自此两分扬。④

① 荀子是战国后期儒家思想的继承者，由于他提出了“天行有常，不为尧存，不为桀亡”的观点，因此被认定为唯物主义思想的代表人物。

② 荀子曰：“制天命而用之。”这就为“人定胜天”之说提供了理论依据。

③ 荀子与孟子虽同为儒家传人，但他对孟子的“性善论”却不以为然，认为“人性本恶”，需要通过后天的学习和修身（即“起伪”）来改恶从善，故而其著作开篇即为《劝学》。

④ 荀子对孔孟的儒家思想作了较大的修正，开始出现离经叛道、偏向法家的倾向，故而他教出来的两个弟子韩非和李斯，都变成了法家代表。这一点也常为后世儒家所诟病。

⑩ 楚庄王

即位三年耽酒色，

有敢谏者杀无赦。[①]

问鼎中原耀兵戈，

称雄天下成霸业。[②]

围宋逼宋服之德，[③]

灭陈复陈重于诺。[④]

从来盛极即转衰，

人亡政息霸即灭。[⑤]

① 楚庄王熊旅为“春秋五霸”之一。初即位时，因政局不稳，他有意耽溺于酒色，三年不理朝政，且令“有敢谏者死无赦”。大夫伍举忍无可忍，冒死进谏，以鸟喻之。庄王答曰：“三年不飞，飞将冲天；三年不鸣，鸣将惊人!”

② 庄王自此振作，励精图治发奋图强，楚国国力大盛。公元前606年，他以“勤王”之名伐陆浑之戎，至于洛水，直抵洛邑，观兵（示威）于周郊，以胁迫王室，觊觎天下。周定王派王孙满犒军，庄王竟询问周九鼎之轻重。答曰：“周德虽衰，天命未改。鼎之轻重，未可问也。”庄王目的未能得逞，悻悻而归。

③ 公元前594年，楚庄王率军围困宋都达九个月之久，围而不攻，促其诚服，以逼迫其与晋绝交，就范于楚。

④ 公元前598年，陈灵公因荒淫无度，为大夫夏徵舒所弑，陈国内乱。楚庄王率军讨乱灭陈，将其吞并。后在申叔时劝谏下，恢复陈国，不绝其祀。此举得到后世孔子的赞许：“轻千乘之国，而重一言之信!”

⑤ 庄王在位期间，与晋争霸，取得了邲之战的大胜，饮马黄河，进逼中原，迫使郑、许归附，灭庸、萧等国，围宋复陈，并国二十六，益地三千里，成为霸主。而一旦死后，尸骨未寒，霸业即衰，楚国再未出现从前的辉煌。

十一 伍子胥

逃亡为报杀父仇，
隐忍多年蓄此谋。①
豢养专诸刺君主，②
辅佐夫差擒敌酋。③
郢都夷平已解恨，
忠魂告慰宜远游。④
可叹吴王拒忠谏，
子胥冤死浮江流！⑤

① 伍员，字子胥。其父伍奢为楚太傅，因遭奸佞费无极谗害，与其兄伍尚一起被楚平王杀害。伍员亡命吴国，先后帮助吴王阖闾、夫差父子富国强兵，伐楚、伐越，均取得胜利。

② 初到吴国时，伍员隐忍潜伏，一直在等待时机。当他发现公子光图谋篡位，便向其力荐勇士专诸，寻机用鱼肠剑行刺了吴王僚。公子光继位，是为吴王阖闾。伍子胥也因此得到重用。

③ 阖闾伐越受伤而死，太子夫差继位，再度兴兵伐越，以报父仇。越王勾践战败投降，被囚为奴，却不甘心失败，卧薪尝胆，以图复仇。

④ 公元前506年，伍子胥与孙武率吴军攻入楚国郢都，楚昭王逃亡。此时楚平王已死，子胥掘其墓，出其尸，鞭之三百，以报父兄之仇，以解心头之恨。冤已伸仇已报，毕生心愿已了，子胥倘能就此罢休，也算是功德圆满。

⑤ 当越国战败请和，欲求委国为臣妾，子胥谏言不可，认为宜斩草除根，夫差不听；吴国兴师欲北伐齐，子胥又谏，夫差仍不听，一意北上称霸中原。子胥力陈利害，言辞愤激，被吴王赐死，浮其尸于江流。九年后，越国趁吴军北上会盟，国力空虚，大举突袭并灭吴。夫差自杀，死前以布蒙眼，羞愧于在阴间再见到子胥。

十二 吴起[1]

杀妻求将贪功名，[2]
母殇不归何绝情！[3]
助楚变法强国力，
裁冗削俸废公卿。[4]
南平百越并陈蔡，
北却三晋西伐秦。[5]
贵戚嫉恨诸侯患，
悼王一死即被刑。[6]

① 吴起，卫国人，战国初期的军事家、政治家、改革家，兵家代表人物。曾师从孔子学生曾子，后弃儒学兵。有谋略，善用兵，著有《吴子兵法》。

② 吴起先事于鲁，取齐女为妻。齐国攻鲁，吴起为求将，杀其妻，以示与齐绝。得为将，率鲁军大胜齐。以此遭鲁人非议，去鲁适魏。

③ 吴起当初离开卫国，与母诀别时即发誓："起不为卿相，不复入卫。"后来其母去世，吴起竟然不归国葬母。其师曾子以其不孝，与之断绝师生关系。

④ 吴起在魏国得到文侯、武侯的器重，为将，击秦，大胜。为西河守，力拒秦、韩。因受丞相公叔排挤，又离魏之楚。楚悼王闻其贤，任为令尹（相），主持变法。吴起大刀阔斧推行改革，裁汰冗员，削减官吏薪俸，对贵族封君者传三代后即夺爵，对旁支远亲者取消供奉。同时鼓励生产，发展经济，壮大国力，训练士卒，富国强兵。

⑤ 变法成效显著，楚国南平百越，北并陈、蔡，与晋国争雄，西向秦国征伐，诸侯均畏之如虎。

⑥ 楚国贵族对吴起恨之入骨，必欲除之而后快。悼王刚死，尸骨未寒，贵族们便群起而攻之，吴起无路可逃，只好伏于王尸，贵族们百箭齐发，将其射死。吴起的尸体亦被车裂。但楚国律令"丽兵于王尸者，尽加重罪，逮三族"，七十多名贵族也因此被诛灭，为楚国之后的改革扫除了障碍。

十三 商鞅

孝公立志欲强国，
下令求贤贤难得。[①]
卫鞅励精变旧法，
商君图治规新则。[②]
太子犯禁亦刑罪，[③]
平民杀敌皆晋爵。[④]
卑秦崛起诸侯惧，[⑤]
作法自毙徒奈何！[⑥]

① 秦献公死后，年轻的孝公继位。他立志彻底改变秦国地处偏僻、国势衰弱的局面，欲与诸侯逐鹿中原，遂向天下颁布“求贤令”：“宾客群臣有能出奇计强秦者，吾且尊官，与之分土。”

② 商鞅为卫国公卿子孙，原名公孙鞅，或称卫鞅，因助孝公变法，秦国强盛，被封于商、於之地，故又称“商君”。他主持制定了一系列奖励耕战、富国强兵的新政。

③ 新法规定：王子犯法，与庶民同罪。太子驷杀人且违宫禁，因其为嗣君，故未被处罚，而其师傅公子虔和公孙贾则分别被处以劓刑（割鼻）和黥刑（刺面）。

④ 商鞅制定了二十级军功爵：军士每杀敌一人，就可晋爵一级。最高爵位为彻侯、关内侯。为此秦国男子踊跃参军，奋勇杀敌，秦军也被打造成“虎狼之师”，所向披靡，令人胆寒。

⑤ 从此秦国迅速崛起，诸侯从“卑秦”到“畏秦”。

⑥ 但孝公一死，太子继位，其师傅等保守势力便开始反攻倒算。商鞅被诬“谋反”，他只好逃往魏国，途中欲住店过夜，店主说：商君有令，住店须有身份凭证，否则自己就有窝藏疑犯之罪。商鞅感叹：作法之弊一至此哉！被擒后惨遭车裂。

十四 赵武灵王

少年即位临危局，

五国联军四方集。①

纵横捭阖解围困，

挑拨离间削强敌。②

燕秦新君皆拥立，

腹背大患自消弭。③

“胡服骑射”功勋著，④

一代雄主晚来迷！⑤

① 公元前326年，赵肃侯驾崩，年仅十五岁的太子雍继位，是为赵武灵王。秦、楚、齐、燕、魏等五国乘此机会，组织联军，以吊唁之名蜂拥而至，企图一举吞并赵国。

② 当此危局，年轻的赵武灵王在重臣肥义的辅佐之下，运用高超的外交与军事手段，利用五国之间的矛盾和各自利益，纵横捭阖，分化瓦解，取得了不战而屈人之兵的结果。

③ 不仅如此，赵王还在国际舞台上扮演了调停人的角色，甚至主导他国政局。他先后拥立了作为人质的燕太子职、秦太子稷回国继位，成为燕昭王和秦昭襄王，由此密切了与燕、秦两个大国的关系，避免了腹背受敌。秦、赵这对宿敌，多年未发生大的战事。

④ 武灵王还强力推行“胡服骑射”改革。赵国地处北方，直接面对胡人的长期袭扰和侵掠。而胡人的马上骑射，是其得以取胜中原车战步战的法宝。为此，武灵王痛下决心，弃“夷夏之防”，放下身段向胡人学习骑射，以实现军事变革。赵国先后灭中山，败林胡，驱娄烦，修长城，消除了边患，拓展了疆土，威震诸侯。

⑤ 然而，一代雄主晚年在处理家事和接班人问题上，却犯下令人惋惜的大错。他因宠爱吴娃，便废长立幼，废太子章，而立吴娃之子为太子，导致兄弟手足相残，他自己也在这场争斗中被软禁，以至活活饿死，令人唏嘘！

十五 苏秦

西行说秦皆不行，
百金用尽枯槁形。[①]
嫂不为炊妻犹纴，
父勿与言母绝情。[②]
发愤读书锥刺股，[③]
慷慨游走抑强秦。
一人独佩六国印，[④]
举家卑伏远郊迎。[⑤]

① 史书载：苏秦最初西行以说秦王，王未纳。百金耗尽，资用乏绝，去秦而归，形容枯槁，面目黧黑，状有愧色。

② 苏秦回到家，妻不下纴（没有停下纺织），嫂不为炊（不给他做饭），父母不与言。苏秦感慨道：此皆秦之罪也！

③ 于是，他找出太公《阴符》，夜以继日发愤苦读。实在困了，他就用锥子扎自己的大腿，血流至踵。

④ 一年后他再度出山，以“合纵”之策分别游说东方六国赵、魏、韩、齐、楚、燕以联合抗秦，得佩六国之相印，风头之健，一时无两。

⑤ 在出使路过洛阳老家时，父母闻之，清宫除道，张乐设饮，郊迎三十里。妻侧目而视，倾耳而听。嫂蛇行匍匐。苏秦问：“嫂何前倨而后卑也?”嫂曰：“以季子位尊而多金。”苏秦叹曰：“嗟乎！贫穷则父母不子，富贵则亲戚畏惧。人生世上，势位富贵，盖可忽乎哉!”

十六 张仪[①]

游说自有三寸舌，

巧舌如簧口悬河。[②]

折冲全凭一樽俎，[③]

纵横唯仗此捭阖。[④]

欺楚绝齐以利诱，[⑤]

诈东事秦靠威胁。[⑥]

倾危之士倚何势？

虎狼之秦可覆国。[⑦]

① 张仪为魏国贵族后裔，战国时期纵横家、外交家、谋略家，与苏秦均师从于鬼谷先生。入秦后得秦惠文君赏识，任为相国，被封为武信君。

② 张仪早年游说诸侯，曾事于楚相。楚相亡璧，疑为张仪所偷，鞭笞数百。张仪被释回家，其妻责之：你如果不到处游说，何以受此辱？张仪问道：你看看我的舌头还在吗？答曰：还在。张仪说：这就足矣。于是西行入秦。

③ 折冲樽俎，意为仅凭游说和谈判即可完成在战场上取得的胜利，获得土地和财富。折冲，指打退敌人；樽俎，为古时酒器，指不战而以谈判屈人之兵。

④ 纵横捭阖，“纵”是指合纵，即东方六国（韩、魏、赵、楚、齐、燕）结盟，共同抗击秦国；“横”即连横，指秦设法破解六国联盟，瓦解其合力，以利各个击破；“捭阖”，是指纵横家们的游说策略。

⑤ 张仪为破齐楚联盟，以予楚以商於之地六百里为诱饵，欺骗楚怀王。利欲熏心的怀王不听陈轸、屈原所谏，上当后又不思悔改，屡屡被张仪愚弄，落得国破身死的下场，成为天下笑柄。

⑥ 张仪还逐一说服韩、齐、赵、燕等国退出合纵联盟，屈身事秦，各国实力受到削弱。

⑦ 为此，苏秦、张仪之流被司马迁称为“倾危之士”，意为仅靠口舌之辩威逼利诱，欺诈行骗，就能使一大国倾覆或陷于危亡境地。他们之所以都能成功，皆因有秦这样的“虎狼之国”存在。

十七 屈原

三闾大夫泪滔滔，

汨罗江畔风萧萧。[①]

国破家亡吟《哀郢》，

志洁行高赋《离骚》。[②]

举世烂醉我独醒，[③]

满目疮痍心益焦。[④]

人皆贪生谁愿死？

无奈遍地是魔妖！

① 屈原出身于楚国贵族，年少得志，曾任左徒、三闾大夫。因才高志洁而遭谗言，先后被楚怀王和顷襄王流放，悲愤难抑，自沉于汨罗江以志忠贞清白。

② 楚国国都郢被秦国攻陷，屈原写下了《哀郢》；忠而被谤，贞而遭谗，遂赋《离骚》以书志述怀。

③《史记》载，屈原在泽畔遇见渔父，自谓“举世混浊而我独清，众人皆醉而我独醒”。渔父劝他，“何不随其流而扬其波?”屈原以“宁赴常流，而葬乎江鱼腹中”，以明其志。

④ 郢都沦陷后，故国一片焦土，满目疮痍，更令屈原悲痛交加，痛不欲生，唯有一死以殉国难。

十八 白起[1]

祸莫大于杀已降，

自古杀降曰“不祥”。

将军百战莫不胜，

猛士千秋论短长。[2]

攻城略地大业立，

斩将夺关威名扬。

“战神”闻之人色变，

功高岂敢轻君王？[3]

① 白起是中国历史上继孙武、吴起之后又一杰出的军事家、统帅，担任秦军主将三十多年，攻城七十余座，战无不胜，无一败绩，为“战国四大名将”之首（其余为廉颇、李牧、王翦）。

② 秦昭襄王十四年（公元前293年），白起率秦军与韩魏联军战于伊阙，一举消灭敌军二十四万人，一战成名，因功升任国尉。次年发兵攻魏，夺大小城池六十一座，使秦得以东出崤函。前274年，白起大破韩魏赵联军，掳获三国大将，斩首十三万。前260年，在长平之战中，秦军先后斩杀并俘获赵军四十五万人！他还率军对楚发动了一系列攻击，使楚一蹶不振。白起因功被封为“武安君”，名震天下。据梁启超研究，整个战国时期共战死约两百万人，其中一半死于白起之手！

③ 白起功高，势必震主。他与丞相、应侯范雎之间也产生了罅隙。长平之战后，秦又欲攻赵，白起病。王陵战不利，秦王欲令白起出征，而白起认为，国内因连年征战，兵力匮乏，不宜再出兵。王自命，不听，令王龁挂帅，再次失利。白起曰：“秦不听臣计，今如何矣！”秦王闻之，怒，强起之，白起托病不肯行。王免白起为士伍，迁之阴密。范雎此时落井下石：“白起之迁，其意尚怏怏不服，有余言。”于是秦王赐剑，令其自裁。白起叹曰：“我何罪于天而至此哉？”良久，曰：“我固当死，长平之战，赵卒降者数十万人，我诈而尽坑之，是足以死。”遂拔剑自刭。

十九 蔺相如

从来弱国无外交，

强秦逼赵俎与刀。[①]

相如完璧词严正，[②]

秦王击缻气沮消。[③]

不辱使命御外侮，

以全国格弥内耗。[④]

廉颇负荆诚请罪，

将相和睦刎颈交。[⑤]

① 赵惠文王得一绝世珍宝和氏璧，秦昭襄王闻之，提出愿以十五城交换。赵人皆知此言不可信，但因畏于强秦，不敢拒绝。“人为刀俎，我为鱼肉”，无可奈何。

② 宦者令缪贤之舍人蔺相如甘愿使秦，并誓言如不能得城而归，亦将保全玉璧。相如至秦后，觉察到秦王果无以城易璧之诚意，怒发冲冠，严词以责，令秦王理亏心虚。相如一面虚与委蛇，一面使人怀璧而归，终于不辱使命，完璧归赵。

③ 秦王一计不成，又生一计，约赵王盟会，意欲羞辱之，以泄愤逞威。在宴会上，秦王逼迫赵王为之鼓瑟。相如见此，亦针锋相对，胁使秦王也为赵王击缻，随后又据理力拒了秦要求赵割让领土的无理要求，保全了国格和领土完整，有力地回击了秦国的嚣张气焰。

④ 相如两次成功的外交表现，得到赵王和国人的嘉许和敬重。相如一跃而升为丞相。这让大将军廉颇愤愤不平，他认为蔺相如仅凭三寸之舌就得此高官厚禄，与他出生入死身经百战建立的功勋简直是天壤之别，于是处处与之作对使其难堪。而相如却以大局为重，避免内耗。

⑤ 廉颇终于认识到自己的狭隘，遂袒身负荆，登门请罪。将相和好，成为刎颈之交，团结一心共御外侮，秦国从此不敢小觑赵国。

二十 信陵君魏无忌

礼贤下士为人仁，
名冠诸侯天下闻。[①]
降贵纡尊待宾客，
执辔敬贤迎监门。[②]
率军破秦秦兵溃，[③]
窃符救赵赵国存。[④]
忧谗且作长夜饮，
病酒而卒魏失魂。[⑤]

① 信陵君魏无忌为魏昭王少子，“战国四君子”之首。他“为人仁而下士，士无贤不肖皆谦而礼交之，不敢以富贵骄士。诸侯以公子贤，不敢加兵谋魏十余年”。

② 隐士侯嬴，年七十，家贫，为国都监门。信陵君闻其贤，亲自为其执辔（驾车），恭迎大驾。士人闻其礼贤下士之举，对其愈加敬重。

③ 信陵君曾率五国联军破秦军于河外，追至函谷关，秦兵不敢出，威震天下。

④ 公元前260年，秦将白起破赵，击杀赵军四十五万人，前257年，秦又进兵围赵都邯郸，赵危在旦夕，向魏求救。魏王虽派大将晋鄙往救，然畏秦之威而不敢进。侯嬴设计让信陵君买通魏王宠姬窃兵符，至军营诱杀晋鄙，率军八万救赵，秦军解去，赵国转危为安。信陵君以此义举名冠诸侯。

⑤ 信陵君留赵多年后归国。因德、能、才均高于魏安釐王，而遭致谗言和魏王猜忌。他只能沉湎于醇酒美人，日日作长夜之饮，四年后病酒而卒。公元前243年，秦闻公子死，发兵攻魏，拔二十城，魏自此衰落。

二十一 平原君赵胜

一笑之故杀美人，

赵胜尊贤客临门。①

毛遂自荐歃盟血，

楚王从言发救兵。②

散尽家财以飨士，

凝结军心足拒秦。③

翩翩浊世佳公子，

利令智昏陷长平！④

① 平原君胜为赵国公子中最贤者，士皆仰其名。其府邸临民宅，民家有躄（瘸腿）者，槃散行汲（到井口打水），平原君美人居楼上，临见，大笑之。躄者忿，求见平原君，因受侮辱，欲令杀之。平原君讪而拒曰：以一笑之故杀美人，不亦甚乎？终不杀。居岁余，门下舍人引去者过半。平原君知其故，杀美人，其后门下乃复来。以杀人而赢得人心，其举不亦残忍乎！

② 秦围赵都邯郸，赵欲派使求救于楚。平原君门客毛遂自荐出使。楚王为求自安，不欲救赵。毛遂于廷上据理力争，严词以责，终于说服楚王歃血而盟，出兵救赵。

③ 在门客的劝谏下，平原君以国家大局为重，将家之所有尽散以飨士，得敢死之士三千人以赴敌，秦兵遂罢。赵国得以保全。

④ 然而，即使是平原君这样难得的浊世公子、英伟之人，也难免鼠目寸光，利令智昏。当秦攻韩，韩上党太守冯亭不欲降秦，而欲予赵，平原君却“未睹大体，贪冯亭邪说”，认为白捡的便宜，缘何不受？赵遂纳上党，从而引火烧身，致使秦军转而攻赵，使赵陷长平兵四十余万众，邯郸几亡。赵国从此一蹶不振，终为秦所灭。

二十二 孟尝君田文

战国公子好客卿，

养士三千孟尝君。[①]

得势皆聚废则去，

贫贱寡友富多亲。[②]

鸡鸣狗盗脱险境，

解难应急建奇勋。[③]

冯谖收债付一炬，

为报知遇竭忠心。[④]

① 孟尝君田文，为齐国公子，礼贤下士，门客三千，舍业而厚遇之。

② 田文得势之时，客卿皆聚；一日废置，皆背文而去。后复得势，其客又至，田文不怿。门客冯谖劝曰：富贵多士，贫贱寡友，事之固然也。愿君勿介之于怀，待客如旧。田文释然。

③ 其所养三千门客当中，良莠不齐，品类甚杂，但不乏真才学和奇门遁甲之人。田文曾出使秦国，秦昭王厚遇之，欲任其为相，后听谗言，又欲杀之以绝后患。田文急于脱身，其门客中有善盗者，从昭王宫藏中盗得田文赠王之稀有狐白裘，转送王之幸姬。姬求王释田文，王允之。田文一行遂急至函谷关（国境线）。昭王后悔，使人追之。其时天未亮鸡未鸣，门客中又有善鸡鸣者，假鸣以骗得关吏开关放行，田文得以死里逃生。

④ 田文厚待门客冯谖，令其收债于薛（封地）。冯谖收债十万，用其杀牛置酒，大宴佃户，并当场宣布，贫不能息者烧其田契。众人欢呼。田文闻之责谖，答曰：君现今权势太重，恐日后有祸，我是为您留条后路。果然，不久田文失相位。回到封地，男女老幼列队远迎，敬之如故。田文感动至极。冯谖续为其游说于秦王，秦王欲以田文为相；又说于齐王，齐王恐田文为秦所用，复其为齐相，加食邑千户。

二十三 春申君黄歇

游学博闻既成名，

睿智善辩使于秦。①

上书昭王阻覆楚，②

归立太子得封君。③

东向献淮更都邑，④

北伐灭鲁立大勋。⑤

器满志昏引狼入，

毋望成灾遭灭门！⑥

① 春申君黄歇，楚国士人，“战国四公子”中唯一并非公卿子弟者。因“游学博闻，王以为辩，使于秦”。

② 在黄歇使秦之前，楚“怀王为秦之所诱而入朝，遂见欺，留死于秦”。秦国便想趁热打铁，兴师灭楚。黄歇急上书秦昭王，晓以利害，阻秦灭楚。文章言之成理，持之有故，令人折服。昭王曰：善。遂与楚盟约。楚赖以保全。

③ 此后楚顷襄王卒。太子在秦国为质而不得归。黄歇便游说秦相应侯范雎，请他劝秦王放归楚太子，同时设计让太子易装逃归，继承王位，是为考烈王。因此大功，黄歇被封为“春申君”，食邑淮北十二县。

④ 不久后，黄歇以“淮北地边齐，其事急，请以为郡便”为由，献淮北十二县，请封于江东，因城故吴墟，以自为都邑。王许之。

④ 黄歇为楚相的第八年，率军北伐灭鲁，楚地益广。

⑤ 黄歇担任楚相长达二十多年，权倾朝野，名闻天下。与之而来的，是他的权力欲望与政治野心的日益膨胀。楚王多年无子，赵人李园遂献其妹于黄歇，及其有孕，又唆使黄歇将其转献于楚王。李姬生子被立为太子，将来继位为楚王，黄歇就是王之亲父。“器满志昏”的黄歇竟然接受了如此荒唐的建议！而阴谋得逞后的李园，因担心事泄而先发制人，伏刺客于荆门，杀黄歇于门内，斩其头，尽灭其家。一世明君，晚来却引狼入室，招此无妄（毋望）之灾！

二十四 吕不韦

贩贱卖贵累千金，

阳翟大贾财货轻。[①]

异人待价沽高利，

奇货可居变国君。[②]

食邑洛阳天下惧，

帝国丞相朝野倾。[③]

自古权重威震主，

纵为“仲父”又何亲？[④]

① 吕不韦为阳翟大商人，因贱买贵卖、低进高出而累积千金，成为巨富。

② 但他不甘心于商人低微的社会地位，决心把财富和智慧用于政治投机，彻底改变自己和家族的命运。于是他对以秦国王孙身份质于赵的异人（后改名为“子楚”）高度关注，认为“此奇货可居”。他以重金予异人，让其广交朋友建立人脉，并送上美人赵姬；同时以奇珍异宝结交秦太子安国君宠妃华阳夫人，让她认异人为嫡子。数年后，秦昭襄王死，太子继位，是为孝文王；不久孝文王死，异人如愿以偿继位，是为庄襄王。吕不韦也终成所愿，成为秦国丞相。

③ 公元前247年，庄襄王驾崩，赵姬所生的年仅十四岁的嬴政继位，由吕不韦摄政，称其为“仲父”。不韦被封为文信侯，食邑洛阳十万户，权倾一时。

④ 公元前238年，嫪毐谋反被诛，牵连到吕不韦。此时已亲政的嬴政令其迁蜀，不久后又亲书以责：“君何功于秦？秦封君河南，食十万户；君何亲于秦？号称仲父。”不韦自度稍侵，恐诛，乃饮鸩而死。

二十五 韩非

天生口吃不能言，

发愤著书名始传。[①]

嬴政读之“死不恨”，

李斯荐其攻于韩。[②]

欲树君威去“五蠹”，

为求显宦知《说难》。[③]

人主驭下法、术、势，[④]

道尽权谋死于谗。[⑤]

① 韩非为韩釐王之子，与李斯一同拜师于齐国稷下学宫祭酒（掌门人）荀子门下。因有口吃，故不能以雄辩游说于诸侯，转而闭门著书以显于世。

② 秦王嬴政在读到韩非著作时感叹道：“嗟乎！寡人得见此人，与之游，死不恨矣！”李斯闻之，便告知此人是其同学，现在韩国。秦王遂发兵向韩索人，韩畏秦，遂送韩非使秦。

③ 韩非是战国时期法家思想的代表和集大成者。他冷静地分析了历史发展规律和人性的本质，提出了“法后王”和以严刑峻法统治国家、以利驱民的主张，希望统治者树立专制极权的君威，以震慑天下。他痛恨所谓的“五蠹”，即儒者、纵横家、游侠、逃役者、商工之民；他将游说之难，在《说难》一文中阐述得淋漓尽致。

④ 韩非还不遗余力地为统治者驾驭臣民提供了三大法宝：法、术、势。法即严苛之法律，术即驭下之权术，势即树人主之威势。

⑤ 具有讽刺意味的是，韩非倾其所有向君王们传授统治之术和阴谋手段，却不曾想到，自己反倒成了阴谋的牺牲品。他的同学李斯伙同姚贾向秦王屡进谗言，曰：“此自遗患也，不如以过法诛之。”秦王以为然，遂陷其牢狱，“李斯使人遗非药，使自杀”。

二十六 秦始皇嬴政

豺声长目鸷鸟膺，

阴狠少恩虎狼心。[①]

冲天火焚皆经典，

掘地坑葬俱儒生。[②]

横扫六合天下定，

暴残百姓动乱兴。

大泽乡间惊雷震，

帝国巨厦一朝倾。[③]

① 据《史记》载，嬴政自幼流落于赵国，与父分离，与母相依为命，受尽欺凌。由此很可能造就其暴虐狠毒之性情：“秦王为人，蜂准，长目，鸷鸟膺，豺声，少恩而虎狼心……”

② 平定六国、统一天下后，在李斯的建议下，为翦除异端思想，秦始皇下令焚毁除医药卜筮种植以外的所有书籍，坑杀儒生方士四百六十余人，造成中国历史上空前的文化劫难。

③ 帝国建立后，本应安定社会，发展经济，与民休息，但秦始皇仍横征暴敛，大兴土木，滥发徭役，以逞私欲，以致民怨沸腾，天下不宁。公元前209年，嬴政死后仅一年，陈胜、吴广在大泽乡发动起义，貌似强大的秦帝国建立仅十五年便土崩瓦解。

二十七 李斯

一心干禄西入秦，

一路平步上青云。

恶为厕鼠成仓鼠，①

羞做客卿望贵卿。②

耻于贫贱逐富贵，③

耽迷荣华恋功名。

临刑痛悔虽已晚，

遗言足令后人铭。④

① 李斯少时即有一“老鼠论”：厕中鼠身处污秽且见人即仓皇而逃，而仓中鼠则地处优越且饱食无忧。遂立下志向：此生定为仓中鼠，而绝不做厕中鼠！

② 李斯入秦时身为客卿，因上《谏逐客书》于秦王嬴政，得其青睐器重，此后一路平步青云，直至丞相高位。

③ 李斯西行之际曾致信其师荀子，陈言“诟莫大于卑贱，而悲莫甚于穷困”云云，道尽其不择手段以求富贵荣华之志。

④ 李斯最终遭赵高陷害，被腰斩于市。临刑前对其子感言：“吾欲与若复牵黄犬俱出上蔡（李斯家乡为河南上蔡）东门逐狡兔，岂可得乎？”其言颇有悔意，然悔之晚矣！“人之将死，其言也善”，足为后世鉴之。

二十八 陈胜

富贵勿忘贫贱日，

燕雀安知鸿鹄志。[①]

王侯将相宁有种？

氓隶草民应乘时。[②]

大泽乡间火骤起，

大秦帝国危已迟。[③]

宏业未竟身先死，

首义之功天下知。[④]

① 陈胜年轻时尝为人佣耕，工间与伙伴们约：苟富贵，勿相忘。工友笑而讥之：为人佣耕者，何来富贵？陈胜叹曰：燕雀安知鸿鹄之志哉！

② 陈胜、吴广率九百士卒适戍渔阳，至大泽乡时遭遇大雨，道不通，将失期。按秦法，失期当斩。陈、吴遂号召众人斩木为兵，揭竿而起，并向天下提出了“王侯将相宁有种乎?”的有力质疑。

③ 陈胜自立为陈王，国号“张楚”，以恢复楚国为号召，掀起了轰轰烈烈的秦末反秦大起义。

④ 起义后不久，陈胜就为其车夫、叛徒庄贾所杀，虽功败垂成，但他作为反秦起义的首义英雄，被太史公司马迁写进了只有王侯将相才能入列的“世家”传记之中。

二十九 赵高

自古奸佞祸之由，

沙丘矫诏赵、李谋。[①]

始皇驾崩胡亥立，

太子冤死蒙恬囚。[②]

指鹿为马钳众口，

营私结党扼民喉。[③]

朝纲崩坏天下乱，

作恶多端终到头！[④]

① 公元前209年，秦始皇在第五次巡游时，于沙丘（今河北广宗）病故。临终前，始皇嘱掌管符玺的中车府令赵高拟遗诏，命远在北地监军的太子扶苏接诏。赵高阳奉阴违，他认为近在始皇身边的幼子胡亥昏聩而易控制，于己有利，遂与丞相李斯合谋，抓住李斯贪恋权位的心理弱点，逼其就范。

② 两人对外封锁消息，并伪造诏书，敕令太子自杀，又将与两人不睦的大将蒙恬、蒙毅兄弟囚禁后逼死。同时，拥立胡亥为帝，是为秦二世。史称“沙丘政变”。

③ 政变阴谋得逞后，为剪除异己，巩固权力，赵高又唆使二世将其十二个兄弟、十位公主相继处死。李斯与之开始产生矛盾，赵高又设计构陷李斯，将其下狱治罪，并处以腰斩。赵高顺理成章僭夺了丞相之位。为钳制众臣，赵高在朝堂上公然指鹿为马，以区分敌我。与之意见相左的，都被褫职罢官；而屈从于他的，则予许愿封官。其弟赵成接任中车府令，女婿阎乐则为咸阳令，赵高一党，把持朝政，总揽大权，弄得满朝乌烟瘴气。

④ 为满足二世的骄奢淫逸和自己的荣华富贵，赵高横征暴敛，百姓民怨沸腾，大泽乡起义星火燎原。眼看起义大军逼近咸阳，大秦王朝大势已去，赵高又逼迫二世自杀，去帝号，立子婴为秦王，并凭借“此功”与义军谈判，试图平分天下。玩弄了一辈子权术的赵高却没料到，他这一“妙招”尚无结果，自己的命就被秦王子婴给“结果”了。多行不义必自毙，赵高最终与秦帝国一同殉葬，结束了他可耻的一生。

三十 西楚霸王项羽

力拔山兮气盖世，

少年即有凌云志。①

破釜沉舟意不归，②

横刀立马辞以誓。

锦衣夜行少远谋，③

封王弑帝失道义。④

鸿门放虎归山时，

霸王乌江自刎日！⑤

① 项羽少时尝见秦始皇东巡之阵势，心生羡慕，竟脱口而出：“彼可取而代之。”

② 项羽于巨鹿之战中，下令破釜沉舟，背水一战，以激励将士向死求生。此战令项羽一举成名而天下震骇。

③ 项羽灭秦后，一把火烧了秦宫殿，携抢掠来的珍宝美女东归故里，并曰：“富贵不归故乡，如衣绣夜行，谁知之者?”其缺乏深谋远虑、宏图大略由此可见。

④ 项羽自封为“西楚霸王”，并大封功臣十八王，却因封赏不公且弑杀反秦武装共同尊奉的义帝，失尽人心与道义。

⑤ 项羽鸿门宴放虎归山，使刘邦绝处逢生，这就已经注定了自己兵败身死的命运。尽管其功败垂成，未能一统天下，太史公司马迁仍将其写进了只有帝王才有资格列入的“本纪”当中，以彰显其灭秦之功绩。

三十一 汉高祖刘邦

少小无赖长无能，

游手好闲乡里横。①

大言不惭重义气，

儒冠溺溲轻书生。②

楚有霸王垓下败，

时无英雄竖子成。③

广纳豪杰定天下，

布衣天子第一人！④

① 刘邦自小不务正业，游手好闲，到处混吃混喝。后来虽只当了个小小亭长，却横行乡里，威风八面。

② 刘邦好说大话，常嫚骂人，尤其轻视儒生，曾脱其儒冠溺溲其中。然豪侠仗义，爱惜人才，愿与众人分利，倒也颇得人心。

③ 楚汉之争以项羽败亡、刘邦称帝而告终。西晋“竹林七贤”之一阮籍为此感叹道：“时无英雄，使竖子成名！”

④ 刘邦以一介布衣而成了皇帝，结束了夏、商、周三代以来的贵族政治，开平民政治、布衣天子之先例，亦为后世所效仿。

三十二 淮阴侯韩信

丈夫仗剑定山河，

能忍胯辱实难得。[①]

狡兔捉绝走狗死，

飞鸟射尽良弓折。[②]

生死全凭两老妇，[③]

盛衰唯仗一萧何。[④]

功高自恃欲盖主，

诬以“谋反”便无辙。[⑤]

① 韩信年轻时曾仗剑周游，却衣食无着，无所适从。遭遇无赖纠缠，能忍一时之忿，甘受胯下之辱。

② 韩信为刘邦建立汉朝立下不世之功，刘邦却逐一诛杀逼反了功臣八个异姓王中的七个（包括前后两位燕王臧荼、卢绾）。

③ 韩信当年落魄于世，靠漂母施舍之食度日维生，最后又死于吕后之手。故有“生死两妇人”之说。

④ 韩信在项羽手下不得重用，遂弃楚投汉，亦未如所愿，又逃。萧何闻知，连夜追之，并劝说刘邦拜其为大将。韩信从此建功立业，被封为楚王，后贬为淮阴侯。吕后趁刘邦在外平叛，听从萧何计谋，将韩信诱杀。故有“成也萧何，败也萧何”之说。

⑤ 韩信自恃功高，居功自傲，固然是其招致杀身之祸的原因之一；但刘邦诬其“谋反”，以诛功臣、除异姓，才是韩信被杀的最直接原因。

三十三 酂侯萧何

发踪指示誉“功人”，

大汉开国第一臣。①

安定国家抚百姓，

不绝粮道供后勤。②

举贤识能追韩信，

出谋献计灭淮阴。③

万世之功欲长久，

买田贱贷自污名。④

① 萧何在任沛县县吏时，便与刘邦颇有交情。秦末起义之初，他力劝并帮助刘邦取沛县、称沛公，有了立足之基。此后毕生追随其打天下，坐江山，立下汗马功劳。开国后论功排坐，刘邦形象地比喻道："夫猎，追杀兽兔者狗也，而发踪指示兽处者人也。……至如萧何，发踪指示，功人也。"遂定萧何为功臣第一。

② 刘邦在分析自己之所以成功时又说："镇国家，抚百姓，给馈饷，不绝粮道，吾不如萧何。"

③ 此外，萧何还有慧眼识人、大度容人、举贤荐能之眼光和胸怀。当刘邦被项羽贬封为汉王、西行入川之时，手下眷恋故土的将士纷纷逃离，韩信也因不得重用而出走。是萧何慧眼识珠将韩信追回，并向刘邦力荐，拜为大将。韩信也不负厚望，为刘邦灭项羽、定天下立下不世之功，被封为楚王。但后来因被诬谋反，被贬为淮阴侯，软禁于长安。吕后则借刘邦外出平叛之机，依萧何之计，将韩信诛杀。

④ 当年论功时，鄂侯曾为萧何评功摆好："转漕关中，给食不乏……常全关中以待陛下，此万世之功也。"萧何为相多年，权倾朝野，有人劝诫道："君灭族不久矣。夫君位为相国，功第一，可复加哉？……上（皇上）所为数问君者，畏君倾动关中。今君胡不多买田地，贱贳贷以自污？上心乃安。"于是相国从其计，上乃大悦。

三十四 留侯张良

出身韩国丞相家，

国破父死走天涯。①

获学奇书黄石老，②

行刺帝驾博浪沙。③

运筹帷幄决千里，

誉满朝野不自夸。④

功成退隐知进止，

明哲保身诚可嘉。⑤

① 张良出身于韩国贵族家庭，祖、父皆为相。秦国于六国中首灭韩国，使张良失去了继承父业的机会，并丧失了显赫荣耀的地位。张良为报亡国亡家之恨，浪迹天涯。

② 张良偶遇一老者，因恭谨谦卑而得其授书真传，学得盖世文韬武略。此老是为隐者高士“黄石公”。

③ 张良曾雇一力士，埋伏于秦始皇东巡路经之博浪沙道旁，以一百二十斤铁椎击之，却误中副车，刺杀未遂。

④ 张良最终投于刘邦麾下，为其出谋划策，立下奇功，却不自矜不自夸，朝野皆敬重之。刘邦对其评价道：“夫运筹策帷帐之中，决胜于千里之外，吾不如子房（张良）。”

⑤ 汉朝建立后，张良被封为留侯。作为黄老道家之徒，他向刘邦请求退隐修道，得其善终。

三十五 绛侯周勃

织薄吹箫身世卑，

自随沛公显声威。[①]

攻城略地灭秦楚，

拜将封侯为太尉。[②]

蒙冤受辱知吏贵，[③]

率军诛吕挽国危。[④]

亚夫类父平刘濞，

被诬谋反良将摧！[⑤]

① 周勃出身微贱，以织薄、吹箫（吹奏喜乐丧乐）为生。自从追随刘邦起义，身经百战，屡建功勋，成为名将。

② 周勃为推翻秦朝，和在楚汉战争中击败西楚霸王项羽、建立汉朝立下了汗马功劳，被封为绛侯，升任太尉（最高军事长官），功成名就。

③ 刘邦、吕后相继死后，丞相陈平与周勃合谋，一反吕后大封吕氏兄弟子侄为王为侯、意欲取代刘氏天下的做法，诛杀诸吕，拥立代王刘恒继帝位，是为文帝。刘家王朝得以恢复，周勃厥功至伟。但后来，周勃竟被诬“谋反”而下狱，受尽狱吏的侮辱，获释出狱时他感慨道：“吾尝将百万军，然安知狱吏之贵乎?”

⑤ 周勃之子周亚夫子承父业，也成为武将。他带兵有方，治军严整，军营凛然，不可侵犯。景帝时，吴王刘濞等七国谋反，亚夫率军坚壁以待，袭其粮道，击其惰归，一举平叛。无独有偶，亚夫后来也被诬“谋反”，且罪证极其荒唐：为祭父置办作为葬器的甲胄。主审廷尉声称：“纵不反地上，即欲反地下耳。”亚夫忿极，不食五日，呕血而死。

三十六 南越王赵佗

秦末烽火映山河，
中原大乱复争夺。[①]
岭南塞险谋自保，[②]
全境易俗谕道德。[③]
两度使越有陆贾，
一心归汉唯赵佗。[④]
改号弃帝功至伟，
华夏一统成中国！[⑤]

① 秦始皇平定六国后，北遣蒙恬率三十万士卒抗击匈奴，南派屠雎领五十万众征伐百越。南越归于一统，设南海、桂林、象三郡。屠雎死后，任嚣为南海尉。秦末反秦起义兴起，北方又陷入混战之中。

② 当此关头，任嚣恰又病重，他把龙川令赵佗召至身边，委以重托，嘱其据险自守，与中原绝。任嚣死后，赵佗接任南海尉，“急绝道聚兵自守”，复兼并桂林和象郡，自立为“南越武王”。

③ 赵佗把中原文化包括铁器和先进的农业生产技术带到百越蛮荒瘴疠之地，改变了当地刀耕火种、依山林而居的原始生产生活方式，使南越政治、经济、社会、文化等得到长足发展，成为“岭南人文始祖”。

④ 高祖建立汉朝后，派陆贾为使，劝说赵佗臣服于汉，封其为“南越王”。刘邦死后，吕后专政，“别异蛮夷”，排斥南越，并毁赵佗家乡真定祖坟。赵佗遂又自称为“南越武帝”，与之分庭抗礼。文帝时期，复派陆贾使越，劝其弃帝号，称臣归汉。

⑤ 赵佗以国家利益、民族大义为重，放弃割据，重归于汉。他在《报文帝书》中立誓：“老夫死骨不腐，改号不敢为帝矣!”赵佗为避免战争、和平统一作出了不可磨灭的贡献，至此，中华版图基本成型。

三十七 汉武帝刘彻

治国雷厉行如风，

一生好大尤喜功。

开疆拓土威名盛，

黩武穷兵国库空。①

耽于宴乐求不死，

沉迷仙道欲长生。②

难得幡然诏罪己，

可惜已是白头翁。③

① 汉武帝在其祖、父“文景之治”所奠定的雄厚国力基础上，一改清静无为、与民休息的国策，北击匈奴南征夷越，开疆拓土，耀兵域外，国库积蓄随之耗费一空。

② 汉武帝与秦始皇极其相似，皆沉迷于长生不老之方术而不能自拔，不惜予李少君、李少翁、栾大之流方士妖道们以高官厚禄甚至嫁以公主，却屡试屡败而不知悔改。

③ 晚年时武帝下《轮台诏》以罪己，对自己的过错作了深刻的反省和责悔。这在历朝历代君王中实属罕见，虽难能可贵却为时晚矣。后世也有学者对此诏“罪己”之说提出质疑，认为武帝对自己一生的所作所为并无悔改之意。

三十八 飞将军李广

名门之后亦从军，

七十余战建功勋。①

体恤士卒同甘苦，

疏离权贵被轧倾。②

匈奴闻风皆丧胆，

武帝嫌老欲私亲。③

纵使龙城飞将在，

含恨自刎因卫青。④

① 汉将军李广，为秦国大将李信之孙。李信曾率军灭燕国，擒燕太子丹，战功卓著。李广善骑射，能带兵，一生经历大小七十余战，屡建战功。文帝叹曰：惜乎！子不遇时，如令子当高帝（刘邦）时，万户侯岂足道哉！

② 李广与将士同甘共苦，平时体恤士卒，战时身先士卒，将士“咸乐为之死”。但他不善媚上取悦，故屡遭倾轧，毕生未得封侯。唐王勃《滕王阁序》叹曰：“嗟乎！时运不齐，命途多舛。冯唐易老，李广难封！”

③ 李广常以少胜多，险中取胜，匈奴闻风丧胆，避之唯恐不及，称其“飞将军”。而武帝却嫌其老迈，又欲偏私于国舅大将军卫青，阻其出征匈奴。

④ 李广力争后随卫青北征，但因与青不睦，“意甚愠怒”，加上向导脱队，迷路而延误了与大军会合。卫青遂“上书报天子，传长史急责广之幕府对薄”。李广叹曰：“终不能复对刀笔之吏！”遂引刀自刭。一代名将未死于沙场，却死于国戚之逼！一军皆哭，百姓垂涕。

三十九 大将军卫青

私生之子命卑微，

兄弟不认何悲催！①

所幸亲姐获宠幸，

多亏天子不待亏。②

卫青封侯子甥贵，

一人得道鸡犬飞。③

远征匈奴功虽著，

裙带之亲助其威。④

① 卫青本姓郑，其父郑季为平阳侯吏时，与侯妾私通所生。少时随父，父使其牧羊，郑家同父异母兄弟皆不相认，视同路人。

② 好在郑青同母异父的姐姐卫子夫在平阳公主家得幸于汉武帝刘彻，被召入宫。凭借着这层“裙带之亲”，郑青便冒以卫姓，并从此扶摇直上，平步青云。

③ 元朔元年，卫子夫生子，被立为皇后。同年，卫青以车骑将军之职率兵北击匈奴，立下首功，即被封为长平侯。四年后他再次出征匈奴，大胜而还，拜为大将军，益封六千户，其尚且年幼的三个儿子竟皆封侯！卫青的外甥霍去病同样备受荣荫，十八岁即为骠骑将军，因击匈奴有功而获封冠军侯。舅甥二人后皆为大司马。

④ 卫青率军七击匈奴，前后凡十四年，斩捕敌兵五万余人，与霍去病一道，为抗击并驱逐匈奴、稳定汉王朝西北边境立下了奇功。但相比之下，名将李广、李陵祖孙同样功勋卓著，李广却终生未能封侯，老来还含冤自刎；李陵则苦战不敌，无援而降，满门皆被抄斩！这不禁令人慨叹，为之怜惜。

四十 太史公司马迁

仗义执言袒李陵，
触怒武帝遭宫刑。[①]
忍辱含悲著青史，
扬善抑恶开太平。[②]
无韵离骚含忧愤，
有情文字感神灵。[③]
史家千秋留绝唱，
高山仰止景亦行。[④]

① 汉初名将“飞将军”李广之孙李陵，随武帝宠爱的李夫人之兄李广利北征匈奴，李陵率五千步卒深入北地被围，血战数日，兵尽粮绝，力竭而降。武帝无以释怀，司马迁为解君忧，遂为李陵作了辩解。不料却触犯了龙颜，武帝认为他借此以讽刺李广利，便施之以腐刑。

② 刑罚之耻莫过于宫。对一个男人来说，这无异于是一种最屈辱的刑罚。司马迁突遭横祸，想到过死，但父亲临终前的嘱托让他忍辱活了下来，终于以一己之力完成了五十二万余字的巨著《史记》。“究天人之际，通古今之变，成一家之言”。

③《史记》被鲁迅誉为“史家之绝唱，无韵之《离骚》”，就在于其中蕴含着无尽的悲愤，从字里行间透了出来，感天动地泣鬼神。

④ 正如司马迁在《孔子世家》结尾处所描述的对孔子的景仰之情：“高山仰止，景行行止。虽不能至，然心向往之。”后世对太史公的景仰亦当如此。

四十一 王莽

史有公论不可驳，

罪名昭昭谓“篡夺”。[①]

变法荒唐成闹剧，

新朝短命移汉祚。

书生改革皆空想，

迂者行事如弈博。[②]

戏刚开场台下乱，

绿林赤眉已覆国。[③]

① 西汉末年，数位皇帝皆为幼主，外戚因而专权擅政，炙手可热，飞扬跋扈，不可一世。其中王莽便以所谓“禅让”的方式，篡夺了皇位，以“新朝”取而代之。

② 王莽篡位后即推行改革，但依据的是所谓“周礼”，照搬硬套，迂腐空阔，大而无当，复古而不切实际。仅改官制和币制，就数易其制，莫名其妙，反反复复，致使朝野上下无所适从。其行事之作风又如赌徒博弈，不顾后果，以至民怨沸腾。

③ 王莽改革失败，导致天下大乱。绿林、赤眉等农民起义军如星火燎原，很快便推翻了短命的新朝。刘秀以汉室宗亲之名义趁势而起，扫平群雄，建立起了东汉政权，是为光武帝。

四十二 蔡伦

仓颉造字系传闻，
造纸之功归蔡伦。[①]
文明薪火得传续，
往圣绝学可继承。[②]
商周钟鼎甲骨在，[③]
秦汉石鼓简牍存。[④]
四大发明出华夏，
一纸风行天下闻！[⑤]

① 古史中关于“仓颉造字”的记述，属于神话传说。但东汉蔡伦造纸则为信史，有据可查。蔡伦在以往造纸术的基础上，革新工艺，改进技术，将树皮、破麻布、旧渔网切碎剪断，浸泡于水后将其纤维捞出，放入石臼中捣烂成浆状，放入水中搅拌，再用篾帘将其捞起，干燥后揭下就成了轻薄柔韧的纸。这种纸取材容易、原料丰富、价格低廉。公元105年，蔡伦向汉和帝献纸，和帝遂下令广泛推广。107年，蔡伦被封为龙亭侯，他造的纸也被称为“蔡侯纸”。

② 造纸术的发明，是人类文明和社会进步的重要标志。知识得以广泛传播，文明得以延续不绝。

③ 早在商朝，成熟的文字就已经出现。但那时的文字载体和发布范围都极为有限，且极其“贵重”：一些已出土的青铜器如著名的散氏盘、毛公鼎、何尊等，上面都铸有铭文，也被称“金文”；在大量龟甲和牛肩胛骨上，刻有甲骨文。周朝时已开始将文字刻写在竹片上，并串编成册。

④ 到了秦汉时期，文字字形有了很大的变化，出现了篆书和隶书；文字载体也有了不同，出现了石鼓文和在木简、竹简上用毛笔书写的简牍。

⑤ 造纸、印刷、火药、指南针是中国古代的四大发明，为人类进步作出过巨大贡献。其中造纸术对文化的繁荣发展更是举足轻重。

四十三 董卓[1]

何进欲灭“十常侍”，

引狼入室反被噬。[2]

救驾北芒废少帝，

迁都长安挟天子。[3]

屠戮平民称“叛贼”，

焚烧洛邑毁宫室。[4]

暴戾淫虐可逆天？

人神共愤遭横死。[5]

① 董卓是东汉末年凉州军阀。一生暴虐，残害人民，对国家和社会稳定造成巨大破坏，加速了东汉王朝的灭亡。

② 灵帝时期，外戚与宦官集团的矛盾趋于白热化，社会动荡加剧。公元184年，黄巾起义爆发，董卓率军参加平乱。189年，灵帝刘宏驾崩，太子刘辩继位，是为少帝。大将军何进与袁绍合谋，欲诛杀宦官张让、段珪等“十常侍”，但何进之妹何太后不忍下诏，何进遂决定招并州牧董卓领兵进京。但十常侍却抢先下手，诱杀了何进。袁绍率众入宫，攻杀宦官。张、段等劫持少帝出逃。

③ 在北芒山，董卓救下了少帝和陈留王刘协。因救驾有功，董卓自拜相国、太师，自封郿侯，权势如日中天。他擅自废少帝，立刘协（献帝），挟天子以令诸侯。他还将不满其擅权乱政的文臣武将悉数赶尽杀绝，以树淫威，并决定迁都长安。

④ 为逼迫百官和百姓迁移，董卓纵火焚毁了洛阳的宫殿、官府、民宅，将其夷为废墟，纵兵趁火打劫，劫掠财物，盗掘王陵，虐杀平民，二百里内鸡犬不留。此前，他还听任羌兵围攻集市，杀男人，悬头于马颈，指为“叛贼”；抢女人，以逞兽性。

⑤ 董卓的倒行逆施、残酷暴虐，激起了朝野上下的愤恨。关东各州郡推举袁绍为盟主，共同讨伐之。191年，董卓入长安。次年4月，他被其义子吕布诛杀。后人评价他道：“逆天无道，荡覆王室。祸加至尊，毒流百姓，暴虐已甚。”“虽如秦之暴政，亦未有过于是者。”“穷凶极恶，遗臭万年。”

四十四 曹操

乱世枭雄治能臣，[①]

阿瞒权谋自纵横。[②]

青梅煮酒试才俊，[③]

雀台横槊歌雄沉。[④]

老骥伏枥志千里，[⑤]

豪杰盖世敌万人。

东风不与周郎便，

天下哪有吴蜀存？[⑥]

① 曹操尚寂寂无闻时，当世名士许劭即对其品评道：“子治世之能臣，乱世之奸雄也。”

② 曹操小名阿瞒，自小便有权谋，《三国志·武帝纪》载：“太祖少机警，有权数，而任侠放荡，不治行业，故世人未之奇也。惟梁国桥玄、南阳何颙异焉。玄谓太祖曰：‘天下将乱，非命世之才不能济也，能安之者，其在君乎！’”

③ 在小说《三国演义》中，曹操曾与刘备青梅煮酒，纵论天下英雄，以试探其志向。此情节未见于正史。

④ 曹操尝与群臣宴饮于铜雀台，席间横槊而歌，慷慨悲壮，气韵沉雄。

⑤ 曹操不仅是著名的政治家、军事家，也是“建安文学”的开创者，留下了不少名篇佳作。其中《龟虽寿》一诗中，就有“老骥伏枥，志在千里；烈士暮年，壮心不已”这样的千古绝唱。

⑥ 曹军与吴蜀联军大战于赤壁，若非周瑜、诸葛亮“借东风”火烧曹营，哪有后来的天下三分、三国鼎立？故唐代诗人杜牧留下了“东风不与周郎便，铜雀春深锁二乔”的怀古名句。

四十五 刘备

乱世英雄起四方，
汉室危殆谁扶匡？[①]
三顾茅庐拜诸葛，
三分天下开蜀疆。[②]
基业方兴身先逝，
壮志未酬人已殇。[③]
白帝托孤难瞑目，
可恨阿斗不成钢！[④]

① 东汉末年，外戚、宦官乱政，黄巾军起义，王纲解纽，天下大乱。各路军阀借平定起义之机相继崛起，拥兵割据并相互攻伐。刘备作为中山靖王刘胜之后，担起了匡扶汉室之大任。

② 为此，他不惜屈尊三顾茅庐，恳请诸葛亮出山相助，为三分天下奠定了基业。

③ 然而，因关羽之死、荆州之失，刘备不顾大局、不计后果兴兵伐吴，导致“夷陵之战”惨败，以至郁忿而终。

④ 临终前，刘备在白帝城将稚子刘禅（小名“阿斗”）托付于诸葛亮，嘱其北伐中原，兴复汉室。然而刘禅终归是“扶不起来的阿斗”，诸葛亮死后，他宠任佞臣，贪图享乐，终至覆灭。刘禅被俘北上之后，被封为“安乐公”，还留下“此间乐，不思蜀”的令人痛心的笑柄。

四十六 诸葛亮

卧龙先生本布衣，

躬耕南阳无所依。①

茅庐三顾精诚至，

赤胆一掬知遇稀。②

鞠躬尽瘁死后已，

忠贞许国生不息。③

六出祁山欲伐北，

五丈原上草萋萋。④

① 诸葛亮字孔明，人称“卧龙先生”。东汉末年天下大乱，为避战乱，躬耕于南阳，以察天下大势。

② 刘备久闻诸葛大名，为求贤以恢复汉室，曾三顾茅庐，恳请其出山。正所谓“精诚所至，金石为开”，诸葛亮为其礼贤下士的真诚所感动，遂以赤胆忠心辅佐刘备，此为历史上少有之“君臣知遇”。

③ 刘备死后，诸葛亮又全心全意辅佐幼主刘禅，七擒孟获，六出祁山，南征北伐，以完成先主之遗愿。他在《后出师表》中，以“鞠躬尽瘁，死而后已”来自勉。

④ 最后一次北伐时，诸葛亮终因积劳成疾，不治身亡，死于五丈原。“出师未捷身先死，长使英雄泪满襟”，实现了他自己“鞠躬尽瘁，死而后已”的誓言。

四十七 孙权

生子当如孙仲谋，①

江东才俊自风流。

父兄大业方继位，

抗曹联盟始结刘。②

一国自成称吴帝，

天下三分立鼎足。③

开拓华南平百越，

远交海外亦怀柔。④

① 孙权，字仲谋。孙坚之子，孙策之弟，三国时期吴国的创立者，为一代雄主。故南宋著名词人辛弃疾在《南乡子·登京口北固亭有怀》中有“生子当如孙仲谋”之赞。

② 在其兄孙策遇刺身亡后，年仅十八岁的孙权继位。他在张昭、周瑜、程普、鲁肃、陆逊等一干能臣猛将的辅佐下，平定了境内的叛乱，稳定了局面。亲政八年后（208年），曹操率数十万大军南下征伐，大有一举荡平江南之势。当此危亡之际，孙权接受了主战派的意见，联合刘备共同抗曹，并取得了赤壁之战的大胜。

③ 229年，孙权在武昌称帝，国号“吴”，是继曹丕篡汉称帝和刘邦建立蜀汉后，三国中最后一个称帝的。自此，魏、蜀、吴三国鼎立的局面真正形成。

④ 252年，七十一岁的孙权病逝，称帝二十四年。在他主政的五十多年中，他致力于兴修水利，发展生产，富国强兵，也懂得爱惜民力，轻徭薄赋，因此即使在那样一个战乱动荡的年代，江南一带的社会经济也相对比较稳定。他还平定了山越，设置了郡县，开拓了华南，并派使者近到夷州（台湾岛）、珠崖（海南岛），远至扶南（今柬埔寨）、林邑（今越南）、南洋诸国以及印度等。中国古代素有“怀柔远人”的思想，即用恩德使远方之人自觉服从或前来归附。孙权可谓此一思想最早的践行者。

四十八 嵇康[1]

爽朗清举世所宗，

肃肃尤如岩下风。

孤松高直且独立，

玉山傀俄于将崩。[2]

心骋八荒游太古，

手挥五弦送归鸿。[3]

于今绝矣《广陵散》，

一曲绝响未有终。[4]

① 嵇康，字叔夜，三国时期著名思想家、文学家、音乐家，“竹林七贤”之一。他娶曹魏家族的后人、沛王曹林的孙女为妻，官拜郎中，后任中散大夫。司马氏掌权后，他隐居不仕，采取不合作态度。司马昭欲聘其为幕僚，他逃而避之；司马昭心腹钟会专程拜望，他爱理不理；“七贤”之一山涛荐其为官，他忿而与之绝交。

② 嵇康聪慧过人，博览群书，身长七尺八寸，风姿俊秀，爽朗清举，高而徐引，岩岩若孤松之独立，傀俄若玉山之将崩。

③ 嵇康崇尚老庄，“越名教而任自然”。他曾以诗书怀：“目送归鸿，手挥五弦。俯仰自得，游心太玄。嘉彼钓叟，得鱼忘筌。郢人逝矣，谁与尽言？”但貌似与世无争的他，却爱憎分明，公然蔑视权贵与礼教。

④ 这样的态度与性格，为他招来了杀身之祸。那个被他蔑视过的钟会，怀恨在心，借机以“言论放荡，非毁典谟”为名予以构陷。钟会对司马昭说：“嵇康，卧龙也，不可起。公无忧天下，顾以康为虑耳。……宜因衅除之，以淳风俗。”于是，嵇康被戮于东市。临刑前，他顾视日影，索琴弹之，叹曰：“《广陵散》于今绝矣！”海内之士，莫不痛之。

四十九 东晋元帝司马睿

“五胡乱华”据北方，

晋室南渡都建康。[①]

士家大族拥新立，

江淮南越属旧邦。[②]

权相气焰盖今上，[③]

悍将兵锋逼帝皇。[④]

王与司马共天下，

国君名存实已亡。[⑤]

① 司马睿是东晋的开国皇帝。在中国北方相继发生“八王之乱”“五胡乱华”等剧烈动荡之际，琅琊王司马睿在重臣王导的劝导下，率北方大族南渡，前往建康（今南京）。316年，晋愍帝降，西晋灭亡。次年，司马睿即晋王位，改元建武，史称“东晋”。318年，晋愍帝死，司马睿即帝位，改元大兴，是为晋元帝。

② 司马睿属晋王室旁支，声望不够，帝位不稳。为此，王导采取措施，与堂兄王敦一起助其树立威信，提高声望，争取南北士族的拥戴，稳定了东晋政权。东晋隔长江与北方五胡十六国对峙，据长江中下游、淮河、珠江流域地区，拥有半壁江山。

③ 晋元帝感激王氏兄弟的拥立，任王导为丞相，称之为“仲父”（如嬴政之称吕不韦）。东晋草创之初，君臣遇合，协力同心，国家颇有振兴之象。

④ 然而，王氏兄弟大权在握，权倾朝野，毕竟让元帝颇不自得。于是他引刘隗、刁协、戴渊为心腹，试图制衡王氏。322年，王敦以诛刘隗为名在武昌起兵，攻入建康。元帝对王敦忿曰：“公若不忘本朝，于此息兵，则天下尚可共安也。如其不然，朕当归于琅琊，以避贤路。”王敦乃自为丞相，封武昌郡公，邑万户。翌年，元帝忧愤而终，在位仅六年，终年四十七岁。

⑤ 后人评价这段历史时，称之为“王与马，共天下”，道出了王氏兄弟与晋元帝这种共同执政、共有天下的特殊关系。元帝有名无实，形同傀儡。皇室与世家大族的这种特殊而畸形的关系，几乎贯穿了整个东晋王朝。

五十 葛洪

生于丹阳喜炼丹，

晚来隐居罗浮山。[①]

少年丧父早入世，

壮岁封侯却辞官。[②]

不恋仕进能获利，

独迷成仙可升天。[③]

倾心专著《抱朴子》，

融会儒道谱鸿篇。[④]

① 葛洪为东晋道教理论家、医药学家，丹阳人氏。他继承发展了东汉以来的炼丹术，对道教产生了重大影响。晚年在广东罗浮山隐居，修行炼丹，著书讲学。

② 葛洪十三岁丧父，家境渐贫，耕读为生，勤苦至极。成年曾从军平定石冰农民起义，立下战功，被封为“伏波将军”，次年辞官。东晋开国后，朝廷念其旧功，赐爵“关内侯”，食邑二百户。

③ 但葛洪志不在此。他并不眷念世俗的功名利禄和仕途的加官晋爵，而是迷恋于养生延年，得道成仙。于是他四处寻访炼丹所需的原料产地，最后在广州刺史邓岳的劝慰下，留在了罗浮山，直到去世，享年八十四岁。

④ 葛洪一生写下了许多著作，其中最有影响的就是《抱朴子》。此书记载了各种神仙方药和行气、导引等养生延年及禳邪避祸之术，并将道与儒融会贯通，形成以神仙养生为内、儒术应世为外的融合之道，对道教发展和儒道互济产生了深远影响。

五十一 王羲之

坦腹东床婿乘龙，

王家子弟何从容？[①]

天朗气清观宇宙，

曲水流觞会兰亭。[②]

笔走龙蛇惊风雨，

书成天地泣鬼神。

从此羲之称“书圣”，

仰之弥高叹行云。[③]

① 东晋时期，王、谢皆为世家大族。太尉郗鉴欲与王家结亲，派人上门挑女婿。回报说其他子弟均衣冠楚楚，郑重其事，唯有一人坦腹东床，不以为然。郗鉴笑曰：就要他了！这便是王羲之。故后世有“东床快婿”之成语。

② 永和九年（公元353年）三月三，王羲之与好友四十余人在会稽（今浙江绍兴）兰亭雅集，曲水流觞，把酒吟诗，传为千古佳话。

③ 酒酣耳热之际，羲之欣然为此次诗会的诗集作序，是为《兰亭集序》。该序书、文俱佳，被称为“天下第一行书”，由此奠定了王羲之“书圣”之地位。《兰亭集序》真迹后被唐太宗李世民访得，随葬于昭陵，从此不见于人世。

五十二 陶渊明[①]

自古隐士寡耻廉，

率真无人及陶潜。[②]

挂冠绝俸辞官场，

躬耕自食归田园。[③]

客来畅饮君尽兴，

卿去酣醉我欲眠。[④]

久在樊笼返自然，

一生梦萦桃花源。[⑤]

① 陶渊明，字元亮，晚年改名陶潜，世称靖节先生。浔阳柴桑（今江西九江）人，东晋著名诗人，田园诗派鼻祖。他出身名门，曾祖陶侃为东晋开国元勋。祖父官至太守。但幼年丧父后，家境渐落，以至贫困。二十九岁起入仕，任江州祭酒，不久辞官。405年，他最后一次出仕，为彭泽令，仅三个月便因“不愿为五斗米折腰”而解印挂冠，归隐田园，直至辞世。

② 古时许多所谓“隐士”都是假隐，借“隐”而博取名声，积累出仕的资本。而陶渊明却是真隐，一隐到底，且躬耕以自食，虽苦犹乐，乐在其中。“晨兴理荒秽，带月荷锄归。道狭草木长，夕露沾我衣。”

③ 渊明实为性情中人，率真无伪，表里澄澈，且好客喜饮，饮时尽兴而欢，醉时倒头便睡，不拘礼节，尝有诗云“我醉欲眠卿且去”。

④ 陶渊明的田园诗充分表达了诗人对田园生活的热爱，对劳动人民的感情，对理想世界的追求和向往，和守志不阿的高尚情操，对后世文学产生了深远影响。“久在樊笼里，复得返自然”“此中有真意，欲辨已忘言”。

五十三 北魏孝文帝元宏

孝文亲政号令严，
推行汉化力空前。[①]
首都平城迁至洛，[②]
皇族拓跋改为元。[③]
鲜卑官民习汉话，
朝廷诏令用文言。[④]
壮志未酬惜早逝，
尤憾六镇兵祸连！[⑤]

① 北魏孝文帝拓跋宏为献文帝拓跋弘之子，五岁继位，二十三岁亲政。在祖母冯太后的悉心教导下，他自幼喜爱汉文化，不但精通儒家经义，通晓佛教义理，而且掌握了丰富的治国理政经验。亲政后，他强力推行一系列汉化政策，作明堂，建太庙，正祀典，祭祀舜、禹、周公、孔子。颁布俸禄制、三长制、均田制，禁止士民穿胡服，一律改穿汉服，朝廷百官改着汉官朝服，等等。史称“太和改革”。

② 其中最重要的改革措施就是迁都洛阳。北魏京都原在平城（今山西大同），地处偏北，不利于对中原地区的统治。本着安土重迁的守旧心理和对平城气候环境的适应与依恋，鲜卑人大多不愿迁徙。但孝文帝仍下定决心、克服阻力完成了这一壮举，加速了鲜卑的汉化进程。

③ 孝文帝还带头将皇族之姓改为“元”，其他鲜卑贵族也分别改为穆、陆、贺、刘、楼、于、嵇、尉八姓。以上率下，鲜卑皆改汉姓。

④ 与之相应，鲜卑官民必须学习汉话，朝廷的所有文告和记录也都要使用汉文。这些强硬的全盘汉化政策，招致包括太子恂在内的部分鲜卑贵族的强烈抵制与反抗，他们甚至还借此发动叛乱，但都被孝文帝予以果断严厉的镇压，太子竟被赐死。

⑤ 497年，孝文帝御驾亲征，征伐南齐，意欲完成统一大业。两年后，在罢兵北归途中，他身患重病，终于不治，年仅三十三岁。在他死后二十五年，为防范柔然侵扰而设置的北方边关六镇便爆发了军民起义。六镇起义直接导致北魏分裂成高欢、宇文泰集团的东魏、西魏，北魏灭亡。

五十四 梁武帝萧衍

明智勇武创梁国，

名曰“禅让”实篡夺。[①]

身为皇帝迷释教，

心是僧奴佞于佛。[②]

专听生奸殆朝政，

独任成乱生妖魔。[③]

开门揖盗迎侯景，

饿死台城不可活！[④]

① 萧衍是南北朝时期梁朝的开国皇帝。自幼聪慧，酷爱读书，博学多才，文学天赋较高，与谢朓等人交游，时称“竟陵八友”。萧衍既有文韬，也有武略，公元495年，他率军在义阳击败北魏孝文帝统帅的三十万南征大军，立下大功。后出任雍州刺史，为日后夺权奠定了实力基础。498年，齐明帝萧鸾病逝，其子萧宝卷昏聩。萧衍拥戴萧宝融即位，被封为梁王。502年，他接受“禅让”，改国号为梁，是为梁武帝。

② 梁武帝开国之初，励精图治，颇有作为。他崇儒兴学，通过考试选人用能，为隋唐科举制度开了先河。但后来他却笃信佛教，到了近乎痴迷的程度。他曾四次出家，舍身佛寺，由群臣和朝廷出资四亿钱赎回。在他的影响下，梁朝成为南北朝佛教最为兴盛期。

③ 既佞于佛，便殆于政。梁武帝宠信奸臣朱异，使其得以挟朋树党，作威作福，以至朝纲混乱，赏罚无章，政以贿成。

④ 最为致命的，是晚年的梁武帝引狼入室，导致了灾难性的“侯景之乱”。548年，东魏大将侯景反叛，欲降西魏，但西魏不为所动，冷静观察。侯便求助于梁朝，愿以十三州归附。梁武帝大喜，不顾群臣反对，欣然纳降并放任其坐大。狼子野心的侯景却借口“清君侧”，发动叛乱并围困武帝所在的台城，武帝竟活活被饿死！终年八十六岁。这正应了俗语所言：“天作孽，犹可违；自作孽，不可活。”

五十五 隋炀帝杨广

秦皇汉武多非议，

后继又有隋炀帝。①

穷奢极欲刮民脂，

好大喜功耗国力。②

劳民伤财建运河，

兴师动众征高丽。③

千秋功罪怎评说？

河运至今畅经济。④

① 中国历史上，秦始皇、汉武帝均为一代雄主，但又是最有争议的君王，褒贬不一。隋炀帝在很多方面与之酷似，后世对其却多有微词少有美誉，他成为“暴君”的代名词。

② 杨广之父杨坚为隋朝开国皇帝，节俭自律，励精图治，隋初国泰民安，国强民富。杨广继位后，滥用民力大兴土木，营建东都，迁都洛阳，开凿运河（开通济渠、永济渠，在历代开凿运河的基础上，将其连通为长达数千公里的京杭大运河），以致民怨沸腾，民变频起。

③ 不仅如此，杨广还穷兵黩武劳师远征，亲征吐谷浑，三征高句丽（两年间先后发兵二百余万），均大败。百姓不堪其苦，纷纷起义，天下大乱。杨广在巡幸江都（今扬州）时，被大将宇文化及弑杀，隋朝灭亡。

④ 杨广身死国灭，但大运河客观上却为中国经济中心的南移、南北交通和经济的畅旺繁荣发挥了巨大作用。

五十六 唐太宗李世民

千古青史留英名，

明君当数李世民。

英雄慧眼度时势，

俊杰妙手驭风云。

建功立业中原地，①

弑兄杀弟玄武门。②

盛唐事业重开创，

满朝忠谏尽诤臣。③

① 李渊自晋阳（今山西太原）起兵反隋后，十八岁的次子李世民被封为秦王。他礼贤下士，选贤用能，身边聚集了一大批贤臣猛将，能征善战，能谋善断，为唐朝建国立下不世之功。

② 唐朝建立后的第八年（公元626年），李世民为夺嫡篡位，发动了“玄武门之变”，杀害了其兄太子建成、其弟元吉，逼迫其父禅位。李世民继位，是为唐太宗，改年号贞观。

③ 唐太宗即位后广开言路，虚心纳谏，在魏徵、房玄龄、杜如晦等一大批能臣和忠谏之士的辅佐下，励精图治，发奋图强，开创了“贞观之治”。

五十七 玄奘法师

少年出家入佛门，

四方拜师访名僧。[①]

西行求法解疑惑，[②]

东归释佛立派宗。

廿载译经逾千卷，[③]

万里弘道历百城。

法师携卷回故土，

大乘教义始盛兴。[④]

① 玄奘法师俗姓陈，名祎，洛阳人。十三岁出家，曾四方游历，遍访名寺高僧。

② 但所到之处，各僧众说纷纭，各经莫衷一是。为解疑惑并取真经，公元629年，玄奘从长安出发，经敦煌过西域，历尽千辛万苦，辗转到达中印度摩揭陀国，进入那烂陀寺，师从戒贤学法。五年后游历印度四方数十邦国。

③ 唐贞观十九年（645年），玄奘回到长安，受到太宗李世民召见。此后二十年，他致力于在东土大唐传播佛法，并创立了唯识宗。他主持翻译了七十五部一千三百三十五卷佛经，为佛教东传作出了巨大贡献。

④ 玄奘是继东晋法显之后，又一西行求法的中国僧人。不同的是，他是孤身一人前往，其意志之坚定令人感佩。据他所写的《大唐西域记》载，此行往返五万里，途经一百三十八国，带回大小乘佛经六百五十七部，可谓艰苦卓绝。自此，大乘佛教在东土大唐生根开花，并向日、韩等国传播。

五十八 武则天

牝鸡司晨胜雄鸡，

方知女人不可欺。[①]

青史自此翻新页，

历朝从今变格局。[②]

掩袖工谗媚君上，[③]

乾纲独断为“第一”。

是非功过盖棺定，

无字墓碑荒草萋。[④]

① 武媚娘十四岁便被选入宫，侍于唐太宗，逾十年却仍为“才人”，地位较低。直到太宗病危，她与太子李治一同侍奉于榻前，其命运才发生逆转。经过一番残酷的宫廷斗争，她终于如愿以偿，成为高宗的皇后。

② 自此，武后与病弱的高宗并治天下，时称“二圣”。高宗死后，武后攫取了最高权力，先后鸩杀了太子李弘，逼令继任太子李贤自杀，废了其亲子李显（中宗）、李旦（睿宗），并自立为帝，改唐为“周”。女性称帝，这在中国历史上实为破天荒之举。

③ 武则天建立“周朝”后，大封武氏子弟，贬抑李氏后裔，以厚爵重赏鼓励诬告，纵容酷吏刑讯逼供，任用亲信排斥异己。开国功臣徐勣之孙徐敬业发兵造反，“初唐四杰”之一的骆宾王在为其草拟的《讨武曌檄》中写道：“掩袖工谗，狐媚偏能惑主。”以此诋毁武则天。

④ 武则天晚年，也意识到在中国这样一个根深蒂固的男权社会中，女人称帝遇到的巨大困难与阻力。在宰相张柬之发动兵变的胁迫下，她放弃了帝位，还政于李显。李显尊其为“则天大圣皇帝”，后改为“则天皇后”。“则”为效法之意。“则天”即“效法上天”，后人以其为武后之名。她死后，仍与高宗合葬于乾陵。墓碑上没有一字，似在表达“功过是非，自有后人评说”之意。

五十九 禅宗六祖惠能

家境贫寒靠打柴，

山寺经声入心怀。①

无钱求学识文字，

有缘向佛认依皈。②

天竺菩提本无树，

东土明镜亦非台。③

一语道破禅宗偈，

千年衣钵传下来。④

① 惠能俗姓卢，唐朝新州人（今广东新兴）。自幼丧父，家境贫寒，他靠打柴赡养母亲，艰难为生。每次上山途经寺庙，他常常被木鱼经声吸引，驻足良久，不愿离去。

② 惠能因家贫不能读书，不识一字，但他却极有佛缘，二十四岁时闻《金刚经》开悟而辞母离乡，北上湖北黄梅东山寺，出家为僧，皈依佛门。

③ 禅宗五祖弘忍让徒弟们各以诗偈道出禅宗真谛。大徒弟神秀诗曰："身是菩提树，心如明镜台。时时勤拂拭，莫使惹尘埃。"惠能虽不识字，却口授他人写下一诗："菩提本无树，明镜亦非台。本来无一物，何处惹尘埃?"

④ 五祖看后，认为惠能深得禅宗之真谛和精髓，决定将衣钵传授于他。惠能遂成为六祖，将禅宗在东土大唐发扬光大，开枝散叶。与神秀北宗提倡"渐修"不同，南禅宗则讲求"顿悟"，以这一简易直捷的修持方法取代了烦琐的经义，主张"不立文字，教外别传，直指人心，见性成佛"，并宣称"人人皆可成佛"，这对"陆王心学"产生了重要影响，是佛教中国化的产物。

六十 唐玄宗李隆基

半世英明半世糜，

明皇晚恋竟痴迷！[①]

君王妃子真有爱？

霓裳羽衣却无敌。[②]

佳丽三千皆废置，

玉环一身益亲昵。

渔阳鼙鼓惊残梦，

从此盛唐转衰疲。[③]

① 李隆基前半生励精图治奋发有为，继唐太宗“贞观之治”后又开创了“开元盛世”。晚年却迷恋于其子寿王李瑁之妃杨玉环，宠信和重用奸臣李林甫、杨国忠和胡人出身的安禄山，不理朝政，一心享乐，“从此君王不早朝”。

② 中唐诗人白居易把唐明皇与杨贵妃的爱情故事大加渲染，写成传世之作《长恨歌》，诗中写道“天长地久有时尽，此恨绵绵无绝期”。但年龄相差三十几岁的皇帝和妃子之间，是基于对权势和美色的相互钦羡，还是真有如此缠绵悱恻的“真爱”呢？这个话题千年来一直争论不休。

③ 公元755年，安史之乱爆发，叛军以“清君侧”、诛奸贼为名，一路势如破竹，攻陷潼关。玄宗率众逃离长安，途中御林军在马嵬坡哗变，杀了杨国忠，杨贵妃也被迫自尽。盛唐从此一蹶不振，走向衰败，中国历史发生巨大转折。

六十一 李白

豪情横绝峨眉巅，

太白下凡号“谪仙”。①

风流俊逸人徒羡，

文采飞扬谁比肩？②

诗如泉涌泻平地，

心似鸟飞翔九天。

上苍有情知别苦，

遣此英物慰人间。③

① 李白字太白，后人称其为“太白金星”下凡。其先祖隋末因罪被流放至碎叶城（今吉尔吉斯斯坦），后经商致富。其父李客在四川江油青莲乡定居，故李白自号“青莲居士”。李白奉诏供奉翰林，诗坛前辈贺知章一见其人，便惊呼为“谪仙人”，意为被天帝贬谪到人间的仙人。

② 李白应有胡人之血统，加之性喜求仙入道，所以他身上和内心所散发出的狂放、桀骜、飘逸、洒脱是常人所不及的，他的诗歌那种奇异的想象力、强烈的表现力和深刻的感染力更是空前绝后、无人可比。

③ 后世尊称李白为“诗仙”，的确实至名归。他真的就像是“太白金星”下凡，是天帝贬谪到人间的仙人。他上承屈原，下启苏轼，成为中国诗歌史、文学史上一颗最耀眼的“金星”，深为人们所喜爱。

六十二 杜甫

年少勤学常闻鸡，

儒冠误身官位低。[①]

穷愁潦倒半生苦，

颠沛流离晚景凄。

盛世动乱著诗史，

繁华凋零长太息。[②]

孤舟老病行将死，

犹忆成都浣花溪。[③]

① 杜甫年轻时曾寄望以科举求功名，梦想“致君尧舜上，再使风俗淳”，然而现实残酷，他终其一生也只做过左拾遗这样的小官。仕途虽不得志，但动荡混乱的时势和坎坷多艰的生活际遇却成就了一代“诗圣”。正所谓“国家不幸诗家幸”。

② 安史之乱中，杜甫一家为逃避战乱，从长安辗转至甘肃、四川，一路颠沛，历尽苦难。但他用“三吏”“三别”和《春望》等动人心魄的诗笔，记录下了国家的破碎、人民的苦难，被誉为“诗史”。

③ 杜甫在成都浣花溪畔筑草堂定居，总算过上了一段安稳宁静的生活。其好友剑南节度使严武死后，杜甫便离开了四川，沿长江东下，辗转于湖南岳阳、潭州（长沙）一带，最终在耒阳江边的一条小船上病逝，年仅五十九岁。

六十三 颜真卿

名如其字字如人，
忠烈满门皆清臣。①
安史之乱兄侄殉，②
淮西之叛玉石焚。③
甘作屏藩阻胡马，
敢入虎穴传圣音。④
严霜烈日安可仰？
凛然浩气恸英魂！⑤

① 颜真卿，字清臣，唐代著名书法家，古代“楷书四大家”之一。其五世祖为南北朝时期政治家颜之推，所立《颜氏家训》流传千年。故颜氏家风正派，满门皆为“清正之臣”。真卿更是名如其字（清臣），字（书法）如其人，笃实纯厚，刚直不阿。

② 安史之乱爆发后，时任平原太守的真卿和其兄、常山太守杲卿均处于叛军南下长安的最前线。兄弟俩同心协力，誓死效忠朝廷，以孤城弱旅共同筑起抵御强悍叛军的第一道防线。在他们的影响下，十七郡二十万众推真卿为盟主，一致抗战。杲卿及其子季明均死于叛军之手。真卿闻讯后，悲愤之中所写下的《祭侄稿》，成为“天下第二行书”。

③ 安史之乱虽然被平定，但平乱后各藩镇势力借此崛起，并公然向朝廷叫板。783年，淮西节度使李希烈叛乱，攻陷汝州。奸相卢杞为泄私愤，故意派遣与之有隙的颜真卿向叛军传达朝廷意旨。真卿知其不可而为之，仍以身犯险，身入虎穴，规劝李悬崖勒马，归顺朝廷。但一意孤行、想当皇帝的李希烈非但不听，反而将七十六岁高龄的颜真卿残忍杀害。噩耗传回，三军为之恸哭。朝廷谥颜公“文忠”。

④“疾风知劲草，板荡识诚臣”。国家民族危难关头，正是检验臣民正直忠诚的试金石。颜真卿甘作屏藩，阻挡胡马；敢入虎穴，规劝叛军，功虽未成，但精神永存。

⑤ 正如《新唐书·颜真卿传》所评价的：“毅然之气，折而不沮，可谓忠矣！”“其英烈言言，如严霜烈日，可畏而仰哉！”

六十四 宋太祖赵匡胤

一条哨棒打天下，

点检生来即英雄。[①]

黄袍加身出征日，[②]

杯酒释权宴饮中。[③]

再造一统南方定，

常思北伐燕云空。[④]

宏图大略方筹划，

“斧声烛影”猝然崩。[⑤]

① 赵匡胤出身军功世家，自幼习武，并在嵩山少林寺学得一身好武艺，自创了“太祖长拳”三十二式，后人称其为“一条哨棒打下四百军州”。后周世宗柴荣病逝后，由年仅七岁的恭帝宗训继位。赵匡胤时为殿前都点检，位高权重。

② 北方契丹乘机入侵，赵匡胤奉命出征，大军行至陈桥驿，部下赵普、赵匡义等人以黄袍加其身，拥立其为帝。改国号为“宋”，是为宋太祖。史称“陈桥兵变”。

③ 太祖登基后，为根除自晚唐、五代以来武将拥兵自重、尾大不掉、擅自废立皇帝以致篡夺成风的恶习，借宴饮之机，劝说石守信、王审琦等拥戴有功之武将，放弃兵权，安养天年。史称“杯酒释兵权”。

④ 太祖致力于解决五代十国以来南北分裂的局面，审时度势，提出了“先南后北”的策略。在他生前，南方基本平定。然而被“儿皇帝”石敬瑭出卖给辽国的北方燕云十六州却终未收回，令太祖深以为憾。

⑤ 正当太祖宏图大展之时，却突然暴毙。时值冬夜，太祖与其弟赵光义（原名匡义，避太祖名讳而改名）对饮，旁无他人。远处近侍只见烛光中光义时或避席，有不可胜之状，又闻太祖引柱斧戳雪之声，近五更时，太祖已崩。光义继位，是为太宗。史称“斧声烛影”，疑光义弑兄篡位。这也成为千古疑案。

六十五 南唐后主李煜

天纵英才生南唐，

锦衣玉食自禄禄。

大好江山如图画，[①]

坚实基业赖栋梁。

惜无治国安邦策，

却为吟诗作乐忙。[②]

卧榻之侧可安睡？[③]

宫娥垂泪国已亡！[④]

① 南唐自李昇开创，至李璟、李煜历三世，凡五十年，国土三千里，堪称南方大国。然而在北宋的压迫之下，国势日渐衰微，以致不保。

② 李煜天资聪颖极富文才，却无经国济民之能，故而面对强敌，束手无策，只能靠歌舞升平、吟诗作乐来苟且偷生。

③ 南唐一味向北宋称臣进贡以谋求偏安，但宋太祖却放言："卧榻之侧，岂容他人酣睡？"

④ 南唐终为北宋所灭，李煜被俘押往汴京，被封为"违命侯"。他此后写下了许多书写国破家亡的动人词章，如："最是仓皇辞庙日，教坊犹奏别离歌，垂泪对宫娥。""小楼昨夜又东风，故国不堪回首月明中……"正因有此"怨望之心"，三年后，李煜被宋太宗赵光义用牵机药毒死，死状极惨。

六十六 范仲淹

天下之忧吾先忧，

文正风范耀千秋。

高居庙堂忧民苦，

远在江湖念金瓯。①

新政方始变法止，②

雄韬御敌边衅休。③

将军白发征夫泪，

泪洒江天不可收。④

① 范仲淹，北宋思想家、政治家、文学家。自幼家贫，靠勤奋好学，由寒儒而中进士步入仕途，政绩卓著。他在《岳阳楼记》一文中所倡导的“先天下之忧而忧，后天下之乐而乐”的情怀，“居庙堂之高，则忧其民；处江湖之远，则忧其君”的忠君（国）爱民思想，继承了儒家士大夫“以天下为己任”的理想抱负，为千古所传颂。

② 范仲淹对宋朝开国以来日渐突出的弊政忧心忡忡，1028年，他向朝廷上疏，提出了改革吏治、裁汰冗员、加强边防等措施。庆历三年（1043年），他任枢密副使、参知政事（副丞相），又上疏条陈“明黜陟，抑侥幸”等十事。仁宗遂诏令天下，推行新政，史称“庆历新政”。但改革推行仅一年余，便因阻力巨大而废止。夏竦等反对派攻击范仲淹等新政人物为“朋党”，此乃君王之所深忌。政治改革虽然失败，却为后来王安石推行“熙宁变法”提供了先例和范本。

③ 范仲淹此前在担任陕西经略安抚副使期间，积极整兵备战，修筑防御阵地，使得西夏不敢轻易犯边，为“庆历和议”的达成、宋夏边境的安宁创造了条件。故民间有“军中有一范，西贼闻之惊破胆”之说。

④ 尽管武功有成，但文治（新政）却未果（夭折），令作为文臣而非武将的范仲淹感慨且痛心，长使英雄泪满襟！

六十七 周敦颐

濂溪先生独爱莲，

理学鼻祖开坤乾。①

心性义理在诚意，

宇宙无极为本原。②

不染尘埃拒污秽，

立于浊世濯清涟。③

二程道统继往圣，

儒教承前启千年。④

① 周敦颐，湖南道州人，宋代理学思想的开山鼻祖，“北宋五子”之首（其余四人为邵雍、张载及程颢、程颐兄弟）。他晚年定居于庐山濂溪书堂，并写下了名篇《爱莲说》，自号“濂溪先生”。

② 宋代理学是在佛教进入中国后，儒学受到严重冲击、儒门淡薄以至于不可收拾的情况下，当时的儒家士大夫吸收佛、道两教理论体系尤其是宇宙论、本体论的长处而创立的“新儒学”。周敦颐在理学开山之作《太极图说》中，提出了无极、太极、主静、至诚、顺化、无欲等基本理念，构成了理学理论体系，以阐发心性义理。其中无极是宇宙的本原，而心性义理的核心就是一个“诚”字。

③ 在《爱莲说》中，“出淤泥而不染，濯清涟而不妖”成为千古传诵的名句。这既是濂溪先生的自勉语，也成为后世儒者的座右铭和对君子人格的准确表达。

④ 程颢、程颐兄弟在其父的引导下，拜师于濂溪门下，继往圣之绝学，开万世之太平，将孔孟之道和濂溪之学发扬光大，使儒学承前启后，重新兴盛并传承千年而不衰。

六十八 王安石

辗转州县哀民怜，

熙宁受命金殿前。①

变法不足畏天变，

兴国何须忧人言？②

自古革故皆流血，

从来鼎新总多艰。③

神宗死后新法废，

安石难安尤难眠。④

① 王安石进士及第后，不走常人路，不供奉翰林，不做京官，而是主动要求外放州县，因此他比较深入地了解到民间疾苦和国家的深层问题。神宗继位后，励精图治，谋求变法，任用王安石为参知政事（副宰相），主导改革，史称“熙宁（王安石）变法”。

② 王安石为破除变法阻力，向神宗提出“三不足”原则：天变不足畏，祖宗不足法，人言不足恤。以昭示其改革的坚定决心。

③ 中国历史上曾有过多次变法运动，如春秋战国时期齐国的管仲、魏国李悝、楚国吴起、秦国商鞅的变法等，大多以流血或失败而告终。

④ 神宗死后，新法被废。当听说成效最显著的募役法（免役法）也被废时，闲居江宁（今南京）的王安石不无伤感地叹道：连这也废了吗？因此忧郁成疾。

六十九 苏东坡

“乌台诗案”起风波，

此后半生皆坎坷。①

生如雪泥留鸿爪，②

命似黄雀坠网罗。

兴至怀古临赤壁，

闲来种竹上东坡。③

风雨扑面何所惧？

吟啸徐行只一蓑。④

① 苏轼才华盖世且光明磊落，无奈因不附权贵且不合时宜，故屡遭政敌嫉恨，先以“乌台诗案”被治罪，后多次被贬谪流放，千难万险九死一生。他自嘲道：“心似已灰之木，身如不系之舟。问汝平生功业？黄州、惠州、儋州。”

② 苏轼曾有诗云：“人生到处知何似？应似飞鸿踏雪泥。泥上偶然留指爪，鸿飞那复计东西？”

③ 苏轼被贬黄州时，曾往赤壁怀古，写下了千古名篇前后《赤壁赋》；他还躬耕自食，在城东坡上开田辟地，自号“东坡居士”。

④ 尽管一生屡遭政治陷害、边地流放、亲人相继辞世等一连串的打击，东坡仍泰然处之，“虽九死而未悔”，他以词明志：“莫听穿林打叶声，何妨吟啸且徐行。竹杖芒鞋轻胜马，谁怕？一蓑烟雨任平生。……”

七十 李清照

昨夜雨骤北风狂，

金人掳掠陷汴梁。[①]

夫妻南渡凄惨惨，

生死一别两茫茫。[②]

流离有谁同颠沛？

落难无处话凄凉。[③]

晚来萧瑟何不幸？

再嫁之人系豺狼！[④]

① 李清照，号易安居士，济南人，婉约词派代表人物，被誉为“千古第一才女”。擅长书画、金石鉴赏，尤精于诗词。前期家境优越，故多写悠闲爱情生活；后期因“靖康之变”，衣冠南渡，颠沛流离，故多为悲叹身世命运之作。

② 清照嫁与太学生赵明诚，婚后生活高雅有趣，富有情调，琴瑟谐鸣。后因朝廷党争，其父及公公均卷入其中，受到冲击。1127年，金兵南下，攻陷宋都汴京（今河南开封），清照、明诚举家南迁。两年后夫妻于池阳（今安徽贵池）一别，不久明诚即病故，竟成永诀！逃难途中，他们多年珍藏的十五车书籍古器又相继散失被盗，几无所存。

③ 一个生于锦衣玉食之家的弱女子，面对国破家亡的突然变故和沉重打击，叫她如何自处？所有的悲痛和凄凉，更与何人诉说？

④ 在经历丧夫失宝之痛后，无依无靠的清照只好选择再嫁。然而更为不幸的是，正所谓“识人不善，遇人不淑”，她所嫁的张汝舟，却是一个士林败类、衣冠禽兽。他所觊觎的，只是清照珍藏的那些“宝物”。当得知宝物已遗失殆尽时，这个豺狼的丑恶面目便暴露无遗：他对清照动辄辱骂，甚至拳脚相加。在终于结束了这段畸形的婚姻后，1155年，李清照带着对亲人和故土的思念眷恋，在孤苦悲凉中离世，留下的只有记录她一生爱恨情仇的不朽词作。

七十一 岳飞

大鹏远举欲高飞，

不捣龙庭誓不回。①

尽忠报国慈母愿，

雪耻泯恨壮志摧。②

秦桧何期北伐胜？

高宗岂愿“二圣”归？③

冤狱罪名“莫须有”，

天日昭昭千古悲！④

① 岳飞，字鹏举，河南汤阴人，为南宋抗金“中兴四将”之首。他少年习武，青年从军，精通兵法，屡立战功，所率之“岳家军”能征善战纪律严明，有“冻死不拆屋，饿死不掳掠”之严纪，金兵也为之叹服“撼山易，撼岳家军难!”

② 岳飞之母深明大义，亲手在其背上刺字“尽忠报国”。岳飞也以此激励自己和将士，誓死北伐，直捣龙庭，迎还“二圣”(徽宗、钦宗)，以雪“靖康之耻”。只可恨在奸相秦桧的百般阻挠之下，这一壮志化为泡影。

③ 秦桧曾被金兵俘虏后放还，故疑为金朝奸细。他力劝高宗赵构与金议和，放弃北伐；而此议正合高宗不可与外人言的隐秘心思：假如迎还“二圣”，他作为徽宗之子、钦宗之弟，又将何以处之?

④ 如此一来，岳飞决意北伐，便为自己招来了杀身之祸。金兵首领兀术在给秦桧的密信中要求“必杀岳飞，而后和可成”。于是，秦桧先诬其“谋反”，后以“莫须有”之罪名把岳飞及长子岳云、部将张宪杀害于大理寺狱中。临终前，岳飞在供状中只写下八个大字：“天日昭昭！天日昭昭!”

七十二 陆游

亘古男儿一放翁，

但悲不见九州同。①

志在北伐图恢复，

身临前线望建功。②

金戈铁马常入梦，

雪岭冰河总萦胸。③

不扫胡尘不瞑目，

《示儿》绝笔在临终。④

① 陆游，山阴人（今浙江绍兴），自号“放翁”。1125年生于京城，两年后金兵攻陷汴京，其父携家眷仓皇南渡，逃回山阴。陆游长成后，才华出众，厅试本居第一，而奸相秦桧之孙秦埙则名列其下。秦桧迁怒于主考，暗示礼部不得录用陆游。从此陆游仕途不畅，直到桧死。孝宗即位后，授陆游枢密院编修，赐进士出身。

② 陆游入仕后，积极献策名将张浚，倡言北伐，志在恢复。1165年，他便因“鼓唱是非，力说用兵”之名，遭主和派弹劾而罢官。四年后遣夔州通判。其时，主战派王炎宣抚川陕，积极备战，图谋北伐，召陆游为其幕僚，参赞军务。

③ 仅仅八个月后，王炎便被解职调离，幕府解散，北伐之愿再度落空。但这一短暂时光，使陆游得以亲临大散关、定军山等抗金前线，亲身体验军旅生活，让他毕生都为之魂牵梦萦。他为此写下了“铁马冰河入梦来”等名篇与佳句。

④ 陆游作为爱国诗人，终其一生都在为王师北伐、恢复中原而奔走呼号，而泣血高歌。在他临终之际，还念念不忘，耿耿于怀，希望在那一天，子孙们千万不要忘了举行家祭，告慰他的在天之灵！

七十三 辛弃疾

书生投笔竟从戎，

金戈铁马意无穷。[①]

敢入千军擒叛首，

亲率万众归朝中。[②]

英雄惜无用武地，

壮士幸有填词工。[③]

北伐无望投闲散，

岁月蹉跎憾始终！[④]

① 辛弃疾（稼轩）为山东济南人。1161年，金兵南侵。年仅二十二岁的他率众两千余人抗金，后投奔耿京起义军，担任掌书记（相当于“秘书长”），并力劝其归宋。

② 叛徒张安国杀耿并惑众降金，辛弃疾闻讯后只带了五十多名骑兵，奇袭上万人的金营，生擒张贼，并率起义军余部渡江南下建康（今南京），归于南宋。此举“壮声英概，懦士为之兴起，圣天子一见三叹息”。多年后他对这段壮举追忆道：“壮岁旌旗拥万夫，锦襜突骑渡江初。”

③ 南宋小朝廷偏安一隅不求进取，不思北伐收复失地。稼轩竟无用武之地，满腔豪情、满腹经纶、满怀才思只能付诸诗词，成就了一代“豪放派”词宗。“江南游子，把吴钩看了，栏杆拍遍，无人会，登临意……”

④ 稼轩力主北伐，然而朝廷却任其为文官，甚至将其投闲置散。稼轩无奈，闲居于江西上饶长达二十余年，终卒于此。“却将万字平戎策，换得东家种树书。”“了却君王天下事，赢得生前身后名。可怜白发生！”空怀壮志，徒有豪情，令人扼腕，为之长叹！

七十四 朱熹

文武周公孔孟后，

圣人复起其姓朱。[①]

继传道统承“五子”，[②]

凝练精华注“四书”。[③]

格物致知通经义，

正心诚意下功夫。[④]

存得天理去人欲，

表里澄澈任卷舒。[⑤]

① 儒家的“道统说”源自孟子，系统于韩愈。他们认为圣人自尧舜禹汤至周文王、周武王、周公、孔子，一脉相承，蔚为“道统”。“五百年必有圣人出”。且孟、韩皆有意以圣人自许。后世依据这一观点，将朱熹尊为不世出的“圣人”，使之配祀于孔庙。

② 朱熹继承了儒家这一道统，传承并发展了“北宋五子”（周敦颐、邵雍、张载、程颢、程颐）的理学思想，为“程朱理学”的形成作出了巨大贡献。

③ 朱熹一改“五经”（诗、书、礼、易、春秋）作为儒家经典的传统，为“四书”（《论语》《孟子》《大学》《中庸》）作了章句集注，将其并列于经典之中。后世则以“四书”作为科举考试的必考科目。

④ 朱熹尤其重视《大学》所序之“三纲领八条目”，“三纲领”即“大学之道，在明明德，在亲民，在止于至善”；“八条目”即格物，致知，诚意，正心，修身，齐家，治国，平天下。以此作为儒家“内圣外王”的根本原则和进身之阶。

⑤ 朱熹还提倡“存天理，去人欲”，要求去除内心不应有的私心杂念和过分的欲求，以通达天理，表里如一。他以诗喻理：“问渠那得清如许？为有源头活水来。”“等闲识得东风面，万紫千红总是春。”

七十五 文天祥

南宋偏安苟且存，

元兵渡江陡惊魂。[①]

国家危亡须砥柱，

社稷板荡赖忠臣。

兵败被俘五坡岭，[②]

拒降就义燕南城。[③]

人生自古谁无死？

千秋节义浩气腾！[④]

① 南宋偏安一隅，在金国的威迫之下苟且偷生，靠称臣纳贡勉强维持了一百五十多年。蒙古崛起之后大军南侵，先后灭了西夏和金国，于1271年在大都（今北京）建立了元朝并挥鞭南渡，南宋岌岌可危。

② 1275年，宋都临安（今杭州）告急。南宋状元、正在家乡江西吉安丁忧守孝的文天祥闻讯后，当即捐出家产，就地组织万余义军抗元，惜败于赣南惶恐滩。但他不为所挫，屡败屡战，后于广东海丰五坡岭为元军所俘。在押经零丁洋（今伶仃洋）时，他写下了千古绝唱《过零丁洋》：“惶恐滩头说惶恐，零丁洋里叹零丁。……”

③ 南宋覆灭后，文天祥被押至元大都（也称“燕城”）。元世祖忽必烈慕其忠义，仰其才华，不忍杀之，多次派人（包括其亲属）劝其降元并许以丞相之高官厚禄。文天祥均不为所动，三年后从容就义于南门柴市。

④ 文天祥在狱中用生命写就的《正气歌》传颂千古，浩气永存：“天地有正气，杂然赋流形。……于人曰浩然，沛乎塞苍冥。……时穷节乃见，一一垂丹青。”

七十六 关汉卿

生而倜傥蕴风流，

博学能文欲何求？①

躬践排场写悲怨，

面敷粉墨为倡优。

杂剧班头御百戏，

梨园领袖泽千秋。②

世间万象众生相，

一一道尽未可休。③

① 关汉卿是中国戏剧的奠基人，是中国戏剧史上最早、最伟大的戏剧作家。他多才多艺，无所不能，《析津志》说他“生而倜傥，博学能文，滑稽多智，蕴藉风流，为一时之冠”。他在带有自叙性质的散曲《不伏老》中，也自夸擅长围棋、蹴鞠、歌舞、吹弹、吟诗等才艺。当然，关汉卿之才不仅于此，他最卓绝之处便是戏剧创作，“编戏文”成为他一生乐在其中的自觉追求。他写了六十多种杂剧，其中《窦娥冤》《救风尘》《蝴蝶梦》《望江亭》《拜月亭》《单刀会》等均为戏曲经典之作。

② 关汉卿在自叙中所说的“便是落了我牙，歪了我口，瘸了我腿，折了我手”也要走的路，实际上就是“躬践排场，面敷粉墨……偶倡优而不辞”的书会才人的生活。这种“倡优生活”“戏子生涯”在当时社会和人们的眼里，并不光彩和体面，但关汉卿却乐此不疲，不以为贱，浸淫终生。元末贾仲名称其“驱梨园领袖，总编修帅首，捻杂剧班头”，是十分贴切的。他那具有强烈理想色彩的现实主义精神，对后世的戏剧创作产生了深远影响。他剧中各种人物舞台形象的塑造，也为中国戏曲提供了典范。

③ 文学艺术源于生活而高于生活。关汉卿长期生活在市井阶层，因而对底层民众的冷暖疾苦有着切身的感受。他的作品中表现出对压迫者的深恶痛绝和对被迫害者的深切同情，反映了广阔的社会生活，揭示了社会矛盾与冲突。他的剧作大致可分为三类：一是歌颂人民的反抗，揭露社会黑暗和统治者的残暴，反映尖锐的阶级矛盾。二是描写下层妇女的生活，突出她们在反抗封建礼教斗争中的勇敢和机智。三是通过对历史英雄的歌颂，流露民族情感，展现民族精神。这些剧作不论取材于现实生活还是历史故事，都热情地颂扬了被压迫者的反抗，揭露了封建社会的黑暗与残暴。关汉卿这种爱憎分明的思想情感、卓越的艺术技巧，以及在中国戏剧史上的重要贡献，影响后世，泽被千秋。

七十七 明太祖朱元璋

上无片瓦下立锥，
重八出身实卑微。[①]
驱逐鞑虏归漠北，
平定群雄立君威。[②]
诛杀功臣贪严惩，[③]
罢废宰相事亲为。[④]
多疑始创“锦衣卫”，
“特务政治”人人危。[⑤]

① 朱元璋原名朱重八，出身于安徽凤阳贫苦农家。父母因瘟疫而终，竟无地可葬。重八遂舍身于皇觉寺为小沙弥，做些杂役。在“发小”汤和的鼓动下，投郭子兴红巾军，得其重用，屡建战功。

② 郭子兴死后，元璋自立门户并逐渐发展壮大。他广纳英才，严于治军，优待降俘，体恤百姓，深孚众望。他采纳了谋士李善长、刘伯温以及朱升“高筑墙，广积粮，缓称王”的建议，先南后北，先西后东，相继平定了陈友谅、张士诚、方国珍、明玉珍等反元武装，然后北伐，攻陷元大都，驱逐元顺帝、王保保、陈友定等残元势力，建立了明帝国，年号“洪武”。

③ 明朝建立后，朱元璋为确保朱家天下江山永固，效仿刘邦，大肆诛杀功臣，并大兴“党案”，仅“胡惟庸案”“蓝玉案”“空印案”就各诛杀数万人！李善长、徐达、冯胜等开国功臣均被其以各种罪名诛杀殆尽，以至其死后，其子朱棣以“靖难之役”为名篡夺皇位时，建义帝竟无一个可用之将率军平乱！

④ 在宰相胡惟庸案发后，朱元璋索性废除了在中国推行了一千多年的宰相制度，亲自代相处理朝政，事无巨细均亲力亲为。

⑤ 朱元璋生性多疑，为防家贼内鬼，除铁腕治贪外，还创设了“锦衣卫”，以刺探官员的“不法”言行。其子孙又纷纷加设“东厂”“西厂”“内厂”等特务机构。“特务政治”的黑暗混乱为明朝覆灭埋下了隐患。

七十八 王阳明

初入仕途即被囚，

梃杖重责徙远流。[①]

困顿龙场悟天道，[②]

澄明天泉析善由。[③]

千回百转终成圣，

九死一生亦封侯。[④]

世人皆欲“三不朽”，

此心光明复何求？[⑤]

① 王阳明进士及第后，历任工部、刑部、兵部主事。因上书武宗营救戴铣等人而得罪于权宦刘瑾，被责以廷杖（朝廷上行杖打人）四十且下诏狱。后被贬为贵州龙场驿驿丞，途中又险遭刘瑾派人刺杀，九死一生。

② 阳明困于蛮荒瘴疠之地，苦思“圣人处此，当何以为之”，忽中夜大悟，狂呼而起。“始知圣人之道，吾性自足，向之求理于事物者误也!”“阳明心学”遂由此发生，史称“龙场悟道”。

③ 阳明晚年接朝廷诏令赴广西平叛，行前在家乡浙江余姚天泉桥上与弟子钱德洪、王畿就“四句教”作了阐发：“无善无恶心之体，有善有恶意之动，知善知恶是良知，为善去恶是格物。”对善恶之因（缘由）及“致良知”之说作了严密的分析论证和高度的概括与凝练，史称“天泉证道”。

④ 阳明自青少年起便追求成圣之道，历经千难万险终得圆满。他因平定宁王朱宸濠叛乱而获封“新建伯”，死后被追封为“新建侯”，且从祀于孔庙。

⑤ 古人认为圣人有“三不朽”：立德、立功、立言。王阳明均做到了。后世称之为“古今完人”。临终前他只说了八个字：此心光明，亦复何言?

七十九 于谦

"土木之役"覆全军，[①]

于谦率众卫北京。[②]

国家倾覆须砥柱，

社稷危亡仗忠臣。

英宗复辟景帝死，

奸佞横行忠良殒。[③]

清风两袖朝天去，[④]

正气一身动地吟！[⑤]

① 1449年，蒙古瓦剌部首领也先率铁骑南下侵扰，明朝边关危急。权宦王振为显示自己的权势，唆使英宗朱祁镇御驾亲征。兵部尚书邝埜、侍郎于谦等苦劝不得。结果，历史上从未有过的一幕发生了：近三十万明军在土木堡全军覆没，英宗被俘，成为也先要挟明廷的最高人质。史称“土木之役”（“土木堡之变”）。

② 瓦剌兵临北京，并开出天价条件以交换英宗。当此危急之际，于谦挺身而出，严词怒斥徐有贞等人的迁都之议，在太后支持下，推郕王祁钰摄政（后继位，是为景帝），遥尊英宗为太上皇，以绝瓦剌要挟之念。同时，号令各地派兵进京勤王，保卫北京。在于谦的统筹指挥下，北京保卫战大获全胜。瓦剌在掳掠一番后，无奈撤军并放归英宗。

③ 八年后，景帝病重。等待已久的徐有贞、石亨与太监曹吉祥合谋，发动了“夺门之变”，拥立英宗复辟。复辟成功后，他们便开始反攻倒算，诬陷于谦等人“谋反”，将其残忍杀害。

④ 早在当年王振得势之时，担任地方官的于谦每次回京述职，从不理会需向王振行贿邀宠的“潜规则”。他以诗明志：“绢帕蘑菇及线香，本资民用反为殃。清风两袖朝天去，免得闾阎话短长。”

⑤ 于谦的一身正气，更体现在他那首传颂千古的《石灰吟》中：“千锤万凿出深山，烈火焚烧若等闲。粉骨碎身浑不怕，要留清白在人间。”

八十 严嵩

大奸大恶貌似忠，

千古佞臣有严嵩。[①]

少年得志屡题榜，

老来入阁常进宫。[②]

一意媚上窃国柄，

孤行谗贤诬诸公。[③]

怙宠擅权二十载，

繁华落尽一场空！[④]

① 严嵩为明史中“六奸”之首。在中国历史上，他也是堪与唐朝李林甫、北宋蔡京、南宋秦桧齐名的大奸臣。

② 严嵩早慧，十岁即中秀才（生员），十九岁中举，二十五岁进士及第（二甲第二名）。可谓是“金榜屡题名，春风皆得意”。但入仕后仕途并不十分顺利，也经历了不少曲折蹭蹬。直到六十三岁方才入阁，正式进入权力中心。

③ 宦海浮沉中，严嵩得出了自己的为官之道，那就是唯有“一意媚上”，才能“窃权罔利”。从此，他的人生观、价值观开始畸变，走上了一条大奸似忠、以奸害忠的不归路。嘉靖皇帝沉迷道教，好长生不老之术，他便投其所好，一面苦心钻研撰写用于斋醮祷祀的青词，一面为其大兴土木营建斋宫秘殿，为此深得嘉靖欢心，誉之“忠勤敏达”。严嵩之权势日炽。为了攫取内阁首辅（相当于宰相）之位，他极尽谗毁诬陷之手段，借皇帝之手害死了首辅夏言。他还将上疏历数其怙宠擅权、卖官鬻爵、贪赃枉法、淆乱朝纲之罪的沈鍊、杨继盛等忠烈之臣打入诏狱，折磨致死。

④ 严嵩秉权乱政长达二十年。在他当政期间，政治黑暗，官场腐败，政以贿成，官以赂授。其子严世蕃与之沆瀣一气，人称“小阁老”或“混世魔王”。在朝野倒严势力的共同推动下，嘉靖四十一年，严嵩致仕（退休）。不久，严世蕃因“通倭谋反”之罪被处斩，严家家产被抄没。五年后严嵩病死，时年八十七岁。死时寄食于墓舍。

八十一 李时珍

古有神农尝百草，

今有“药圣”李时珍。①

弃儒从医研仁术，

悬壶济世救众生。②

采访四方编纲目，

搜罗百氏著药经。③

四十年撰百万字，

中华宝库藏奇珍！④

① 李时珍为明代著名医药学家，他所撰写的药典《本草纲目》，吸收历代本草著作精华，纠正谬误，补充不足，是至16世纪止最系统、最完整、最科学的医药著作。他也因此被后人尊为“药圣”。

② 李时珍自幼接受儒学教育，十四岁即中秀才。但其后三次赴武昌应试均不第，遂决意弃儒学医，研习医术，后成为皇家太医，授“文林郎”。在行医过程中，他发现古典诸多谬误，决定亲手重修。

③ 于是，李时珍开始广泛采集药材标本和处方，“搜罗百氏，采访四方”，足迹遍及湖广、江西等地，对古今药典医方作了全面系统的整理与修订。

④ 李时珍前后历时近四十年编撰的《本草纲目》，收录药物一千八百九十二种、药方一万一千零九十六则，约一百九十万字。这部皇皇巨著，不仅对中国药物学，也对世界医药学、植物学、动物学、矿物学、化学产生深远影响，被译成十多种文字在国外出版，被誉为“东方医药巨典”，入选世界记忆名录。

八十二 张居正

伊尹周公今再生，
霍光王莽人所称。[①]
辅佐幼帝政亲摄，
把持时局法变更。[②]
权倾朝野获倚重，
威震主君埋祸根。[③]
尸骨未寒遭清算，
抄家逼赃累子孙。[④]

① 明穆宗死后，年仅十岁的朱翊钧继位，年号万历。在设计扳倒内阁首辅高拱之后，张居正取而代之，辅佐幼帝，权倾一时。时人以历史上著名的贤相重臣如商之伊尹、周之周公、汉昭宣之霍光、成平之王莽以称道之。

② 张居正主政十年间，大力推行变法，革除弊政，整顿吏治，开源节流，鼓励生产，发展经济，充实国力，正德、嘉靖以来一度衰落的国势得到了根本扭转。

③ 张居正变法之所以能顺利推进，得力于李太后对他的充分信任和幼主万历对其如父亲般的倚重，为之排除了诸多障碍。张居正也因此巩固强化了自己的地位，以至于权倾天下，威震君上，为后来局面的大转折埋下了祸根。同时期的海瑞对他的评价是："工于谋国，拙于谋身。"

④ 张居正病逝当年，就有人对其上疏弹劾。已亲理朝政的万历借机开始了"秋后算账"，因为此前整整十年中，他都被笼罩在张居正的阴影之下，成为有名无实的"虚君"。清算是极其残酷的：张家家产尽被抄没，家人惨遭严刑拷掠，以追缴被认为已转移隐匿的财产。其长子敬修不堪其辱，自缢身亡；家中老弱妇孺十余人因封门而活活饿死！大富大贵，换来大苦大悲，世事变幻，竟至于此！

八十三 汤显祖

才华盖世本当行，

得罪权臣榜落名。[①]

仕途蹭蹬因居正，

文坛埋没缘世贞。[②]

离经叛道羡李贽，

致知从心服阳明。[③]

“临川四梦”倾心血，

道尽人间万古情！[④]

① 汤显祖，江西临川人，明代伟大的戏剧家、诗人，被誉为“东方莎士比亚”。才华初显，即闻名于当世。万历五年（1577年），显祖首应会试，当朝内阁首辅张居正之子欲取进士，需有真才实学之士作陪衬，故托人传话显祖，以示笼络。显祖却不为所动，答曰“吾不敢从处女子失身也”。这一不识抬举的态度，令显祖三年内两度会试均名落孙山。直到张死后，显祖才得中进士，历尽曲折。

② 当时的文坛领袖王世贞风头一时无两，他“翕张贤豪，吹嘘才俊”，门生众多。欲显名者，必拜于他的门下。但显祖却不屑屈膝以求，反倒经常与好友评点王的诗文之弊，令世贞颇为难堪。显祖亦因此在文坛被埋没多时。

③ 当时，阳明之学颇为风行，其传人李贽的思想却因过于激进、“离经叛道”而被视为“异端邪说”，受到正统士大夫的抵制和打压。显祖却对李贽甚为折服，引为知己，“听以李百泉（贽）之杰，寻其吐属，如获美剑”。入仕仅八年，显祖就上《论辅臣科臣疏》，对万历皇帝登基二十年的政治乱象作了批评，因此被贬到天涯海角，任广东徐闻典史，后迁为浙江遂昌知县。但不久他便索性辞官回乡，专心写作，自嘲为“偏州浪士，盛世遗民”。

④ 仕途的挫折，思想的异类，却成就了一个伟大的戏剧家。汤显祖的心血之作《牡丹亭》《紫钗记》《南柯记》《邯郸记》（合称“临川四梦”），通篇都贯穿着一个“情”字，“为情而生，为情而死，为情死而复生”，道尽了人间万古真情！

八十四 海瑞

出乎其类拔其萃，

历代清官数海瑞。[①]

敢骂皇帝逆龙鳞，[②]

堪称诤臣忤权贵。[③]

百姓拥戴若青天，

同僚视之为异类。[④]

政绩平平政声廉，

只因满朝多污秽！[⑤]

① 海瑞字汝贤，号“刚峰”，人如其名，为政清廉，刚直不阿，在历代官吏中出类拔萃，无与伦比。

② 封建社会皇帝被喻为龙，相传其颔下有“逆鳞”，抗之者，则龙颜必大怒。海瑞最出格的“壮举”，便是上《治安疏》给嘉靖皇帝，直斥其迷信巫术、生活奢靡、不理朝政：“嘉靖者，言‘家家皆净’，而无财用也！……天下之人不直陛下久矣，内外臣工之所知也。”嘉靖阅后，气急败坏，非杀海瑞不可，经贴身太监黄锦劝说才作罢。当年（十个月后），嘉靖驾崩。故民间有“皇帝被海瑞骂死”之说。

③ 海瑞对皇帝尚且如此，对权贵更是毫不客气。他做知县时，就敢拿权臣胡宗宪之子开刀。任应天（南京）巡抚时，当地贪官污吏纷纷自动辞职，权贵豪门皆把朱门漆黑，不敢铺张露富。其畏惧海瑞至此！

④ 海瑞的做派自然得到痛恨官吏腐败的民众欢迎，被尊称为“海青天”；而官场同人则将其视为异类，避之而唯恐不及。

⑤ 综观海瑞一生，其为政所到之处，除严厉打击贪腐、为民申冤外，政绩并无可圈可点之处，但其清廉之名则有口皆碑。虽官居高位，其死后，遗产仅几两银子。这在中国历史上贪腐最烈的明代，实属难得、罕见！

八十五 袁崇焕

为人慷慨喜谈兵，

胆略超群志凌云。

单骑出关察形势，①

万军守塞阻后金。②

五年复辽慰上意，③

千里救驾“通敌”名。④

寇不能灭而自灭，

崇焕冤死崇祯倾！⑤

① 袁崇焕，广东东莞人（一说广西藤县），明万历进士。“为人慷慨负胆略，好谈兵”。他曾单骑出关，考察关外地貌形势、风土习俗，并放言：“予我军马钱谷，我一人足守此（山海关）!”

② 1626年，已建立金国（1616年建国，史称“后金”，以别于南宋时的金国）的女真首领努尔哈赤率八旗军西渡辽河，兵临宁远城下。此时身为宁远道的袁崇焕坚壁清野，严阵以待，打退了后金军的轮番进攻，取得了宁远大捷，一战成名。努尔哈赤也在此后不久死去。死前他含恨道：“朕用兵以来，未有抗颜行者。袁崇焕何人？乃能尔耶!”

③ 1627年，新即位的崇祯帝重新起用了被弹劾辞官的袁崇焕，任命其为兵部尚书，督师蓟辽，后又赐其蟒袍和尚方宝剑。崇焕一时激动，（1628年）竟许以“五年复辽”的豪言。而事后他竟不以为意：“聊慰上意耳。”这一态度为其后来的悲剧结局埋下了伏笔。

④ 仅一年后（1629年），清太宗皇太极率八旗军绕过袁崇焕重兵防守的防线，绕道蒙古，突破长城，兵临北京。崇焕闻之大惊，遂率轻兵昼夜兼程千里，抢在清军到达之前赶到，并火速展开了京城保卫战。经过浴血奋战，北京城虽转危为安，但袁崇焕“五年复辽”的大话，与他“通敌”的传言相互交织，加上皇太极的“反间计”，促使崇祯痛下决心杀袁。

⑤ 崇焕被处以磔刑（凌迟）并传首九边，一代将星就此陨落。他的刚愎自用、轻狂自负，和崇祯的生性多疑、首鼠两端，造就了这场悲剧。而这样的自毁长城，又为十五年后清军入主中原、明朝彻底覆亡预设了结局。

八十六 明崇祯帝朱由检[①]

朱家皇帝多暴残，

非昏即瞆或冥顽。[②]

崇祯竭力扶危厦，

社稷倾亡补漏船。[③]

进退失据方寸乱，

内外忧患左右难。[④]

忽报闯军临城下，

众叛亲离大明完！[⑤]

① 崇祯帝朱由检，是明朝的末代皇帝。与列祖列宗相比，他算是较有作为的一个。无奈弊政积重难返，财政入不敷出，加上北方连年大旱，蝗灾、瘟疫流行，民变蜂起，关外后金政权又崛起，虎视中原，崇祯终究成了亡国之君。

② 明朝十六位皇帝当中，除了太祖朱元璋、成祖朱棣两父子，多无远大政治抱负，嘉靖、万历祖孙俩，甚至罢朝均长达二十余年。稍好的几个，如仁宗朱高炽，不幸又短命。相比之下，崇祯不算太差。

③ 他十七岁即位，当年就开始雷厉风行地矫除弊政，铲除阉党，平反冤案。权宦魏忠贤及其党羽二百五十八人或被赐死，或处死，或遣戍，或禁锢，遭到致命打击。正直人士重秉朝政，令天下为之一振。然而遗憾的是，大明王朝经过两百多年的风雨飘摇，此时已是摇摇欲坠，桅折船漏，气数已尽了。

④ 而崇祯自身也存在人格上的诸多缺陷。“性多疑而任察，好刚而尚气。任察则苛刻寡恩，尚气则急遽失措”（《明史》）。他用人多疑，疑则重责乃至处死。在位十七年，更换剿匪主帅九人次、内阁大学士（宰相、副宰相）五十人，总督被诛者七人，巡抚被戮者十一人。

⑥ 1644年，闯王李自成大军兵临北京城下。崇祯鸣钟召集百官，竟无一人前来，真正成了孤家寡人。无奈之下，他与贴身太监王承恩登上煤山（今景山），自缢于树下。统治二百七十六年的明朝自此灭亡。

八十七 李自成

朝廷拮据裁驿卒，
自成饭碗应声无。①
陕西纷乱饥民起，②
辽东动摇铁骑出。③
群雄竞逐争天下，
闯王驰骋入帝都。④
金粉繁华兵卸甲，
功败垂成为谁哭？⑤

① 明朝末年，朝政紊乱，宦官专权，官吏腐败，民不聊生。崇祯皇帝继位之后，试图振作朝纲，复兴国势，无奈积弊已久积重难返。有大臣建议裁撤驿站以节省财政开支，身为驿卒的李自成因此失业成为流民，遂投于闯王高迎祥麾下。

② 1627年，陕西发生严重灾荒，土地颗粒无收，官府赈灾不力且催逼租税，激起民变，由成千上万饥民组成的几十支起义军顿呈风起云涌之势。

③ 早在陕西农民起义之前，关外辽东的女真部落逐渐崛起。1616年，努尔哈赤统一了女真各部，自称大汗，国号大金（皇太极继位后改为“清”）。他以“七大恨”告天反明，在东北对明朝形成巨大威胁。

④ 中原地区各起义军与明军激战，忽降忽叛，成为明廷的“心腹大患”。闯王高迎祥死后，“闯将”李自成继之，并逐渐发展壮大，“死”而复生。1644年春，自成率军直指北京，京城陷落，崇祯帝自尽，大明朝灭亡。

⑤ 然而，进入北京之后，闯军将士的斗志迅即被京城的繁华富庶瓦解，他们沉迷其中贪图享乐，并大肆掳掠财宝，严刑拷打明朝官员以追逼赃银，迫使明将山海关总兵吴三桂降清，拱手延敌。清军遂大举入关，闯军则兵败如山倒。李自成退回北京，匆匆举行登基大典后便逃离，后战死于湖北九宫山。入城前后仅短短四十二天！三百年后，郭沫若写下了《甲申三百年祭》，对这段历史作了深刻的总结与反思。

八十八 秦淮八艳[1]

八旗铁骑入中原，

贪生、死节难两全。[2]

情定终身归小宛，[3]

冲冠一怒为圆圆。[4]

香君溅血桃花扇，[5]

如是赴水气节全。[6]

弱女风骨犹刚烈，

降将贰臣足汗颜！[7]

①“秦淮八艳”是明末南京秦淮河畔的八位名伎。她们各负才艺姿色，志趣高雅，常与“复社四公子”等名士交往唱和，倾心相慕。复社是继东林党之后又一极具政治色彩的文学团体，陈贞慧、方以智、侯方域、冒辟疆等皆为名门望族、书香门第之后，常在一起品评时事，议论朝政，激浊扬清，左右士林风气。

② 1644年，先是闯王李自成攻陷北京，明崇祯帝自尽，明朝灭亡。紧接着清军入关，闯王退出北京，清朝入主中原。史称“甲申之变”。当此天崩地坼、改朝换代的危难时刻，每个人都面临着贪生或死节的考验。“秦淮八艳”也作出了各自的命运抉择。

③ 冒辟疆最早钟情于“八艳”之陈圆圆，他誉其为“慧心纨质，淡秀天然，平生所见，则独有圆圆尔”。两人定情终身，约期迎娶。然而不久，辟疆便因其父调职一事四处奔走请托而失约。此间，圆圆却被外戚田弘遇劫夺送入宫中，后又被送与山海关总兵吴三桂为妾。痛失佳偶、悔恨不迭的辟疆，最终情归董小宛。此后虽历经国破家败，两人都相濡以沫相依为命，直到九年后小宛病故。辟疆以《影梅庵忆语》寄托了对她的深情回忆和绵绵哀思。

④ 闯军占领北京后，陈圆圆为大将刘宗敏所夺。本拟降于闯军的吴三桂闻讯后，“冲冠一怒为红颜”，遂愤而降清，开关延敌。清军入关后，他于战火中寻得圆圆。此后他沦为清军的鹰

犬，一路杀到云南，被封为“平西王”。圆圆亦随之迁，后终因人老珠黄遭吴冷落，遂辞宫入道，“礼佛以毕此生”。清代诗人吴伟业以此写成堪与白居易《长恨歌》媲美的长诗《圆圆曲》。

⑤ 李香君与侯方域一见钟情，互生爱慕，方域以祖传一柄绢面宫扇作为定情之物。但遭方域奚落过的阉党阮大铖，却借机怂恿南明弘光政权的红人田仰娶香君为妾。香君坚决不从，一头撞向栏杆，血溅绢扇。画家杨龙友将扇上血迹画成桃花。后来，方域终于觅得已出家为尼的香君，两人破镜重圆。八年后，方域离家外出时，其父得知香君真实身份，将她赶出。待方域回来，她已悲愤而终。方域忍痛书下挽联：“卿含恨而死，夫惭愧终生！”孔尚任以此写成了《桃花扇》这一戏剧杰作。

⑥ 柳如是因才情过人，被郁达夫誉为“八艳之首”。她曾与陈子龙相爱，终未能携手。后嫁与东林领袖钱谦益。南京沦陷时，她劝钱一同投水殉国，钱畏缩不前，如是则“奋身欲沉池水中”，被救起。钱偷生迎降，如是则暗中与郑成功、张煌言、瞿式耜联系，全力资助慰劳抗清义军。她慨然道：“如我身为男子，必当救亡图存，以身报国！”后人评价：“其志操之高洁，其举动之慷慨，其言辞之委婉而激烈，非真爱国者不能！”陈寅恪先生晚年的封笔之作，就是八十余万字的《柳如是别传》。

⑦ 明末清初，社稷易主，江山变色，明朝降将懦夫如云，

“十四万人齐解甲，更无一个是男儿”！而秦淮这些柔弱女子，其风骨和气节却足以令吴三桂、钱谦益这群“贰臣”们（清朝修史时，将他们都写入了《贰臣传》，亦为之而不齿）无地自容，羞愧汗颜！

八十九 郑成功

劝父抗清复大明，

苦谏不听遂自行。①

隆武敕令赐国姓，

永历封王为“延平”。②

敢向东南争半壁，

方知海外有孤忠。③

驱逐“红毛”台湾复，

千古传颂郑成功！④

① 郑成功为海盗头子郑芝龙与日本女子所生，其父降明后回国。郑成功自幼接受严格的儒家教育，入南京国子监，十四岁中秀才，师从大儒钱谦益。1644年，清军入关，明朝灭亡。郑芝龙在福州拥立唐王朱聿键，建立隆武政权。后清军入闽，郑芝龙欲降。成功哭谏劝父不成，遂率兵出走。其母田川氏自缢身亡，国仇家恨，更坚定了他抗清复明的决心。1647年，郑成功在小金门誓师反清。

② 郑成功颇受隆武帝器重，被赐国姓“朱”，人称“国姓爷”。隆武政权覆亡后，南明帝系由永明王朱由榔继承，改元“永历”。1649年郑成功奉其为正朔，永历帝封成功为“延平王”。清军两次大败后，欲招降成功，顺治皇帝敕封其为“海澄公”，但被拒绝。

③ 1659年，成功率水陆军十七万与浙东张煌言义军合兵，大举北伐，连克镇江、瓜洲，包围南京。后中清军缓兵计，遭其突袭，致大败，退回厦门，此后再无力北伐。

④ 1661年，郑成功率两万五千将士、船数百艘，从金门、厦门出发，渡过海峡，向被荷兰殖民者（闽台民众称其为“红毛鬼”）强占的台湾进发，于翌年收复了已沦陷三十多年的宝岛，成为中华民族抵御反抗外国侵略的爱国英雄，其功绩千古传颂。

九十 曹雪芹

天恩祖德自荣昌，

身世显赫何风光！①

生于金粉繁华地，

长在温柔富贵乡。②

诗礼簪缨门楣望，

锦衣玉食花草芳。③

盛极而衰家道落，④

红楼一梦天下伤。⑤

① 曹雪芹名霑，为清朝江宁织造曹寅之孙。康熙、雍正两朝，曹家祖孙三代四人主政江宁织造达五十八年，家世显赫，权势熏天，为南京第一豪门望族。康熙六下江南，曹寅就接驾四次之多。

② 曹家仰仗着“天恩祖德”，一时风光无限。曹雪芹生于这样的巨室之家，自然是“天之骄子”，生来口里便含着“通灵宝玉”。倘无变故，他也将世袭“江宁织造”这天下第一肥差。

③ 曹雪芹早年生活无疑是富足阔绰的，锦衣玉食，倚红偎翠，一副纨绔子弟的派头。

④ 但十三岁那年，横祸从天而降：曹家因巨额亏空获罪而被抄家，曹雪芹的养父曹頫被革职入狱（其亲父曹颙早逝），家道从此一蹶不振。正所谓“好一似食尽鸟投林，落了片白茫茫大地真干净！”

⑤ 生于繁华，终于沦落。往昔的富贵风光，如同一场金陵春梦，醒后却是一场空。此后的曹雪芹，半生潦倒，一事无成。在挚友敦敏兄弟的帮助和鼓励下，他以亲身经历为蓝本，写下了一部自传性的小说《红楼梦》。“满纸荒唐言，一把辛酸泪。都云作者痴，谁解其中味?”红楼一梦，从此风靡天下，令多少人为之情伤？如今，“红学”早已成为一门显学，让无数学者为之皓首穷经。

九十一 林则徐[①]

罂粟毒害人尽知，

禁烟议自黄爵滋。[②]

林公上疏主严禁，

道光授命亲督师。[③]

苟利国家生死以，

岂因祸福避趋之。[④]

鸦片战争国门破，

近代历史始于斯。[⑤]

① 林则徐，民族英雄，近代中国“睁开眼睛看世界”第一人。早年即有经国救世之志，才华出众。八岁时曾撰联“海到无边天作岸，山登绝顶我为峰”。十九岁中举，二十六岁进士及第，历任湖广、陕甘、云贵总督，政绩卓著，政声清廉。

② 自18世纪末，英国鸦片贩子就把在印度生产的鸦片通过走私向中国倾销，销量逐渐增长。至清道光年间，鸦片烟毒已泛滥成灾，危害社会。1838年，鸿胪寺卿黄爵滋上《严塞漏卮以培国本疏》，力主严禁。

③ 同年，湖广总督林则徐在应朝廷答询时的奏章中指出：“若犹泄泄视之，是使数十年后，中原几无可以御敌之兵，且无可以充饷之银。”道光皇帝览后，深为赞赏，遂痛下决心禁绝烟毒。1838年12月，他特命林则徐为钦差大臣，赴广东查禁鸦片。

④ 受命于危难之时，林公深知此行凶多吉少，前路祸福难料，但他以诗明志，毅然前行。抵粤后，他明确表示：鸦片一日不绝，本大臣一日不回，誓与此事相始终，断无中止之理！1839年6月3日至25日，他将收缴的二百三十七万斤鸦片在虎门海滩一举销毁。

⑤ 虎门销烟之举，大长了中国人民的民族志气，却触犯了英国鸦片贩子的巨额利益，他们组成游说集团，说服议会对华宣战，以补偿其损失。1840年6月，英军舰队封锁珠江口，未逞后北上攻占浙江定海，8月抵天津大沽口，威胁北京。道光惊慌失措，急派琦善议和，并下旨将林公革职，次年流放伊犁。鸦片战争使中华民族首次遭受西方列强的凌辱，被迫签订了第一个不平等条约《南京条约》，割让香港岛，开放五口通商，中国近代历史也由此开启。

九十二 洪秀全

欲光门楣考科举，

屡试不第发癫疾。[①]

自封天王承“天意”，

凭借洋教做外衣。[②]

万里江山半壁止，

一统事业中途息。[③]

生于忧患死安乐，

自毁长城尤可惜！[④]

① 洪秀全原名火秀，广东花县人，祖上为客家移民。父母节衣缩食供其读书，希望他能考取功名光宗耀祖。无奈火秀并非读书的料，四次府试考秀才均落第。其间因失望郁愤曾大病四十天，如疯如癫。愈后性格大变。

② 第四次落第后，火秀发誓不再应考。他开始专心研读传教士梁发的《劝世良言》，并将自己大病时的怪梦与上帝耶和华及耶稣附会起来，自诩为“上帝次子、耶稣之弟”，是上帝派来人间斩除妖魔、建立天国的。自此，他用诗文撰写了大量传教救世的宣传品，并与好友冯云山深入广西桂平及紫荆山区组织“拜上帝教”，吸收了大量贫苦农民、矿工入教。他改名“秀全”，自封“天王”，并于1851年1月在广西金田举行起义，建立太平天国。

③ 太平军一路所向披靡势如破竹，两年多时间便横扫大半个中国，于1853年3月攻占南京并定都于此，改名“天京”。但天国的事业便止步于此。诸王及将士们沉迷于“六朝金粉之地”，乐不思战，“扫除清妖，共享太平”的奋斗目标就此停歇。

④ 定都三年后，“天京事变”爆发。东王杨秀清逼宫，洪秀全下密诏令北王韦昌辉、翼王石达开回京“清君侧”。韦昌辉大开杀戒，诛杀东王府两万余人。达开斥其滥杀，杀红了眼的韦却将屠刀对准了石的亲属亲信。达开缒城而逃，并率兵平乱。韦昌辉又被天王诛杀。天王复猜忌达开，达开遂负气出走。这一事变是太平天国领导层争权夺利的恶劣后果，造成太平军内部自相残杀，革命力量遭受分裂和重大损失，最终导致失败。

九十三 曾国藩

人如其名国之藩，
“中兴名臣”诚可堪。[①]
危楼将倾谁挽救？
破船欲覆公承担。
剿平“长毛”扶社稷，[②]
推动“洋务”保江山。[③]
一世名节毁“教案”，[④]
修身齐家心自宽。[⑤]

①“藩屏”一词意为国之藩篱与屏障，以保家卫国。曾国藩人如其名，名副其实，他成为挽救清王朝覆灭命运、实现“同（治）光（绪）中兴”的四大名臣之首，谥号“文正”。名臣另三人为左宗棠、李鸿章、张之洞。

② 太平天国运动迅猛兴起，席卷大半个中国，其间又值第二次鸦片战争，清政权岌岌可危。当此危急关头，在湖南老家守孝的曾国藩受命组建团练武装，以对抗并剿灭太平军（清廷蔑称其为“发匪”“长毛”），挽救了摇摇欲坠的清王朝。

③ 从19世纪60年代起，曾国藩与李、左、张等共同推动“洋务运动”，大力发展民族工业，开矿办厂，修铁路兴航运，创办新式军队，派遣幼童赴美留学等等，为中国的近代化作出重要贡献。

④ 1870年“天津教案”发生，曾受命处理此案。为息事宁人，避免又与法国开战，“但冀和局之速成，不顾情罪之当否”，他下令处死首犯二十人，流放从犯二十五人，并将天津知府、知县革职充军。这一结果令朝野上下一片哗然。曾遂引咎辞职，背负骂名。此案令其身心交瘁，晚节不保，名声毁于一旦。

⑤ 曾国藩为一代理学宗师，是继王阳明之后又一集立德、立功、立言“三不朽”于一身的人物。他尤其注重人格修炼（修身），齐家教子有方，且颇具识才用人之眼光和气度。青年毛泽东说过：“予于近人，独服曾文正。”

九十四 慈禧太后[①]

英法火烧圆明园，

咸丰龙驭惜宾天。[②]

“祺祥政变”除顾命，

两宫听政号“垂帘”。[③]

“甲申易枢”黜恭党，

慈禧独断夺大权。[④]

戊戌维新方百日，

胎死腹中大清悬。[⑤]

① 慈禧太后，为咸丰皇帝之妃，后为太后。她的一生，贯穿了第二次鸦片战争、太平天国、洋务运动、中法战争、甲午战争、戊戌变法、义和团运动等中国近代历次重大事件。她在其中扮演了重要角色，对历史发展产生过重大影响。

② 1856年，第二次鸦片战争爆发，英法联军火烧圆明园。咸丰“巡狩”热河，避难于承德避暑山庄。1861年（农历辛酉年），悲忿痛心之下，咸丰含恨离世。慈禧所生之子载淳继位。

③ 因载淳年幼，咸丰临终前指定怡亲王载垣及肃顺等八人为顾命大臣，共同辅政。但不久后，八大臣与慈禧之间就心生嫌隙，产生了矛盾。工于心计的慈禧表面不动声色，暗中与恭亲王奕䜣达成共识，在奉送咸丰灵柩回京途中，突然发动政变，拘禁八大臣，并先后将其逼死、处死。史称“祺祥政变”或“辛酉政变”。恭亲王成为议政王，慈禧、慈安两宫太后垂帘听政，改年号为“同治”。

④ 1884年（农历甲申年），慈禧以恭亲王对中法战争处置失当为由，将其与军机处大臣悉数罢免，更换了一批自己的亲信，从此独掌军国要事和大权。史称“甲申易枢”。

⑤ 1898年（农历戊戌年），由康有为、梁启超、谭嗣同主导，光绪皇帝首肯并推动的变法维新，开始触及以慈禧为代表的保守派利益，并对其地位构成了一定的威胁。慈禧再次施展了其强硬果敢的政治手段，软禁光绪，通缉康梁，处决谭嗣同等“六君子”。为时仅一百零三天的变法夭折，清廷失去了一次浴火重生的良机。而两年后由慈禧一手导演的、悍然向列强八国宣战的“庚子事变”，更是将中华民族推到了灾难的深渊，并最终加速了清王朝的覆灭。

九十五 谭嗣同

出身显宦身世难，

自幼尝尽苦与寒。[①]

投身洪流成砥柱，

立志变法斗冥顽。[②]

救主夜访法华寺，

求袁兵围颐和园。[③]

含笑喋血菜市口，

横刀向天叱人寰！[④]

① 谭嗣同为湖南浏阳人，清末维新派领袖，“戊戌六君子”之首。他是贵家公子，其父谭继洵为湖北巡抚。由于亲母早逝，嗣同自幼饱受父妾所虐，“备极孤孽苦”。五岁时得重病，昏死三天，差点夭折，故名“复生”，字壮飞。

② 甲午战争失败，中国被迫签订了丧权辱国的《马关条约》，巨额赔款，割让台湾岛，令嗣同悲痛万分。他奋笔写下“四万万人齐下泪，天涯何处是神州?”此后，他与康有为、梁启超等维新人士结为知己同志，以满腔的热情、全副的身心都投入变法维新的洪流之中，积极奔走呼号，宣传变法主张，团结组织力量。

③ 1898年（农历戊戌年）6月11日，光绪皇帝颁布《明定国是诏》，变法正式拉开序幕。谭嗣同获授四品卿衔，任军机章京，参与新政。当变法遭遇到顽固派的顽强抵制和反扑，光绪帝地位岌岌可危时，9月18日，嗣同因救主心切，竟贸然夜访袁世凯所寓之法华寺，极力劝其调动北洋新军，诛杀荣禄，围颐和园，对慈禧实施“兵谏”，逼迫其彻底交权于光绪，以扫除变法障碍。袁世凯假意表态：“诛荣禄，如杀一狗耳!”

④ 然而，书生造反，毕竟鲁莽而欠周全。9月21日晨，慈禧突然回到紫禁城，宣布临朝训政，软禁光绪，通缉康梁。嗣同本可以从容出走，但他却执意留下。他说：“今日中国未闻有因变法而流血者，此国之所以不昌。有之，请自嗣同始!”就义前，他慷慨写下绝命诗：“我自横刀向天笑，去留肝胆两昆仑!”

九十六 袁世凯

项城自幼便张狂，

朝鲜平乱露锋芒。①

小站练兵成“六镇”，

军阀丰羽号“北洋”。②

威逼清帝催逊位，

利诱义军劝和降。③

“大盗”窃国犹不止，

复辟帝制便速亡。④

① 袁世凯为河南项城人，故被称为“袁项城”。自幼便有异志，爱习武，喜兵法，放言“若有十万精兵，便可横行天下”。两度参加科举均落榜，遂投于淮军将领吴长庆帐下。1882年随淮军赴朝鲜平定“壬午军乱”，立下首功。两年后，朝鲜又发生“甲申政变”，年仅二十五岁的袁世凯果断出兵镇压并击退日军，平定了事变，得到李鸿章的赏识，自此平步青云。

② 1895年，在李鸿章等重臣举荐下，朝廷委派袁世凯督练新式陆军。他采用西法在天津小站练兵，后发展成为“北洋六镇”，是清军中最有战力的主力军。他手下的将领徐世昌、段祺瑞、冯国璋、王士珍、曹锟、张勋等，成为日后的北洋军阀，其中徐、冯、曹还出任过北洋政府大总统。

③ 武昌起义爆发后，清廷束手无策慌作一团，摄政王载沣在众臣的建议下，只好把他的仇人、赋闲回乡的袁世凯请了回来，任内阁总理大臣，率军“平乱”，收拾残局。袁借机讨价还价，并在清廷和起义军之间玩起了“两面派”手段：以义军胁迫清帝退位，以大军压境逼迫义军投降或议和，以图民国大总统之位。

④ 孙中山先生以国家利益为重，同意将大总统让与袁，前提是清帝下诏逊位。袁的阴谋如愿以偿，窃据了中华民国大总统之位。后人谓之“窃国大盗”。但他又开始谋求复辟帝制，殊不知，世界潮流，浩浩荡荡，顺之者昌，逆之者亡。袁的倒行逆施激起了举国声讨，众叛亲离的袁世凯只做了短短八十三天的“皇帝梦”，便因千夫所指，一命呜呼。

九十七 秋瑾

巾帼不肯让须眉，

“鉴湖女侠”英名垂。①

沥胆披肝驱鞑虏，

抛头洒血捣帝闱。②

起义夭折身虽死，

革命胜利魂已归。③

挥泪把酒祭英烈，

古轩亭口矗丰碑！④

① 秋瑾，字竞雄，自号“鉴湖女侠”，资产阶级民主革命的烈士和先驱者之一。在她殉难后，孙中山先生为其题词“巾帼英雄”。

② 秋瑾为寻求救国救民的真理，自费负笈，东渡日本留学。在日期间，她先后加入反清革命团体光复会和同盟会，致力于驱除鞑虏，恢复中华，推翻帝制，建立共和。

③ 回国后，她在绍兴以大通学堂为大本营，积极传播反清思想，培训革命志士，联络进步会党，并与徐锡麟相约，分头在安徽和浙江同时发动起义。徐锡麟等人成功刺杀了安徽巡抚恩铭，被俘遇难。秋瑾却因事泄，起义未成而被捕，从容就义于绍兴轩亭口，年仅三十二岁。四年后，辛亥革命胜利，中华民国建立。

④ 秋瑾曾以一曲《鹧鸪天》明志：“祖国沉沦感不禁，闲来海外觅知音。金瓯已缺总须补，为国牺牲敢惜身。……”鲁迅先生为纪念秋瑾烈士，在他的小说《药》当中以殉难的革命者“夏瑜”而隐喻之，以示悼念，寄托哀思。

九十八 容闳[1]

远渡重洋求西学，

学成毅然作抉择。[2]

采办机器师夷技，[3]

选派幼童育俊杰。[4]

救亡图存谋民富，

变法维新为强国。[5]

公虽身死应瞑目，

革命成功已报捷！[6]

① 容闳，广东香山南屏（今珠海）人。中国最早的赴美留学生，中国近代化的先驱。因致力于推动清政府选派幼童赴美留学计划，被誉为“留学生之父”。

② 容闳幼年起进入澳门马礼逊教会学校学习。1847年，随勃朗校长赴美，三年后考入耶鲁大学。1854年，容闳毕业并获得文学士学位。1855年，他便回到阔别八年的祖国，以期实现“以西方之学术，灌输于中国，使中国日趋于文明富强之境”的志向。

③ 1863年，经友人荐举，容闳结识曾国藩，后受其委派，赴美国采购一批机器，创办了江南制造总局，开近代民族工业和“洋务运动”之先河，将魏源早先提出的“师夷之长技以制夷”的构想付诸现实。

④ 但容闳更长远的目标是教育救国、人才兴国。在他的积极奔走与呼吁下，1870年，由曾国藩、李鸿章、丁日昌、毛昶煦等人联署的幼童赴美留学计划获清廷批准。自1872年起，先后选派的四批共一百二十名留美幼童在政治、经济、外交、军事、教育、文化等各领域，为中国的近代化进程发挥了重要作用，产生了重大影响。

⑤ 晚年的容闳将满腔的热情投入了救国救民的政治运动当中。甲午战争后，他全程参与了康有为、梁启超发起的维新变法。变法失败后，他离京抵沪，避入租界，继续斗争，与严复等人发起成立中国国会，被推选为会长。自立军起义失败后，他遭通缉流亡日本，在船上偶遇孙中山，结下深交，并从此由维新走向革命。

⑥ 此后十年，容闳居美，未再回国。1911年，当病榻上的容闳得知辛亥革命胜利的消息，欣喜异常。就任中华民国临时大总统的孙中山也没忘记这位老英雄，致信恭请容闳归国，“以巩固我幼稚之共和”。当此信寄到时，容闳已到弥留之际，享年八十四岁。

九十九 康有为

“南海圣人”名“有为”，

北上京城去不回。①

“公车上书”参国是，②

“戊戌变法”响惊雷。③

秀才谋事空议论，

书生掌权乱作为。④

流亡组建保皇会，

落伍时代与世违。⑤

① 康有为，广东南海人，天性孤傲，自视甚高，自诩为“南海圣人”。他生逢乱世，忧国忧民，以救世救国为己任。1895年赴京参加科举会试，由此开始组织并参与政治活动。

② 这一年正值“甲午之战”惨败，当中日《马关条约》签订的消息传来，举国震惊。康有为与弟子梁启超牵头发起“公车上书”向朝廷请愿，要求“拒和、迁都、变法”。此举虽未达天听，却产生了广泛影响。

③ 会试放榜，进士及第的康有为并不以此为荣，而是将全副身心都投身于政治并终生乐此不疲。他热衷于宣传变法主张，并多次上书光绪皇帝，终得其召见，准其专折奏事，筹备变法事宜。1898年（农历戊戌年）6月11日，光绪正式下诏变法，并颁布了一系列新政，涉及政治、经济、军事、文教等各方面。

④ 康梁皆为一介书生，此前从无施政经历及经验，因此他们的很多改良措施都属于纸上谈兵的“空想”，缺乏可行性和可操作性。尤其是对于一个积重难返、陈腐衰弱的老大帝国，操之过急、急于求成必然会欲速不达，并且触犯利益集团的根本利益，而招致其顽固抵抗乃至疯狂反扑。

⑤ 9月21日，慈禧宣布“临朝听政”。康梁遭通缉流亡海外。“百日维新”寿终正寝。此后，康有为思想日趋僵化，与时代潮流脱节、相悖。他于1913年回国，出国前他还是进步的维新派领袖，回国后却成了顽固的保守派首领，甚至成为张勋复辟帝制的主谋，为此梁启超不惜与之决裂。

一百 梁启超

少年天才童子心，

十七中举世人惊。①

万木草堂拜“南海”，②

紫禁皇宫谒圣君。③

雄文万卷启百姓，

健笔一枝扫千军。④

政治学术跨两界，

学问政声皆著名。⑤

① 梁启超，号任公，又号“饮冰室主人”，广东新会人。天资聪慧，天赋极高，十二岁便考中秀才（洪秀全四试皆不中），十七岁考中举人（其师康有为三十多岁才考上）。主考官李端棻惊讶于其才华，将亲妹许配于启超。

② 启超虽为天才少年，却积极追求新知，服膺于思想先知，经陈千秋引荐，他在广州万木草堂拜具有变法维新思想的康有为为师，从此半生追随其后，时人并称其为“康梁”。

③“戊戌变法”中，启超作为康有为的得力助手，负责组织联络，并参与了许多奏折、章程的起草工作，得到光绪的召见，赏其六品衔，并负责京师大学堂（今北京大学）译书局事务。

④ 变法失败后，梁启超在日本创办了《清议报》《新民丛报》并亲笔撰写了大量政论文章，积极宣传变法维新，启蒙国民思想，对当时政治社会产生了巨大影响。“一纸风行海内，观听为之一耸”。

⑤ 民国建立后，梁启超回到了阔别十四年的祖国，继续参与政治。他组建了进步党，还担任袁政府司法总长。但当袁世凯妄图复辟帝制时，启超发表了讨袁檄文，并设计让弟子蔡锷秘密脱逃，潜回云南发动反袁起义；1917年张勋复辟时，他发表声明予以痛斥，并不惜与事件主谋、恩师康有为决裂。此后他脱离政治潜心学术，成为一代国学大师，为著名的“清华四大导师”之一。

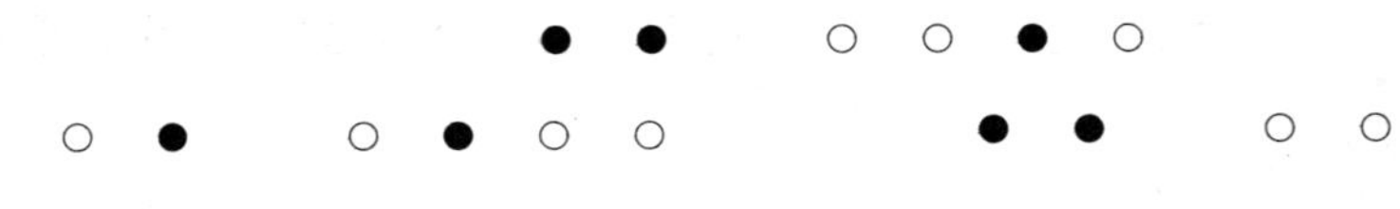

中国的
世界遗产

（五十首）

●○○●○○○
○●○○
●○○●　　　　　●●　○○●
○　○○○●●

一 周口店北京人遗址

（世界文化遗产）

猿人化石现北京，

头骨出土天下惊。[①]

举世皆知周口店，

一国尽仰裴文中。[②]

因避战乱徙国宝，

却遭劫难惜无踪。[③]

数十万年埋故土，

方得即失何匆匆！[④]

① 北京人又称北京猿人，科学命名为“北京直立人”。其化石遗存于1921年在北京西南的周口店龙骨山发现。北京人遗址是世界上出土古人类遗骨和遗迹最丰富的遗址，距今约七十万年至二十万年。北京猿人保留了猿的某些特征，使用打制石器，会用火，过着群居生活。

② 遗址是1921年由瑞典地质学家安特生和美国古生物学家葛利普、奥地利古生物学家师丹斯基发现，1927年起开始发掘。1929年12月，中国考古学者裴文中先生在一山洞中发掘出第一个完整的北京猿人头盖骨化石，震惊世界。

③ 抗日战争期间（1941年），为防止珍贵文物毁于战火，有关部门将北京猿人头盖骨化石用船运往美国，途中却下落不明，成为一个历史谜案。国宝丢失，损失巨大，令人扼腕叹息！

④ 北京猿人化石被发现的意义在于，它为北京人的存在提供了坚实的基础，成为古人类研究史上的里程碑。

二 甘肃敦煌莫高窟

（世界文化遗产）

三危佛光西天出，

乐尊发愿开石窟。[①]

千年造就千佛洞，[②]

百代存留百世书。

旷古宝藏见天日，

惊人奇珍遗散珠。[③]

彩塑壁画盈满目，

文明圣地天下殊！[④]

① 公元366年，僧人乐尊云游至敦煌，当他看到三危山西天之上金光万道，如现万佛，遂发下宏愿，立誓在此开窟造像。此后他倾尽心血，率工匠在山崖上开凿了第一个佛窟，成为“莫高窟之父”。

② 莫高窟始建于前秦时期，历经从十六国到元代千年的兴建，形成巨大的规模，共有洞窟七百三十五个，壁画四万多平方米，彩塑两千四百一十五尊，是世界上现存规模最大、内容最丰富的佛教艺术圣地。

③ 敦煌洞窟当中最驰名的，首推第十七窟藏经洞。1900年6月，负责管理洞窟的道士王圆箓偶然发现其中的密室，里面藏有从公元4—11世纪的各种历史文本、绢画、佛教经卷共五万多件，使用汉、藏、梵、回鹘等多种文字记载。1907年，西方探险家斯坦因首次来到敦煌，看到藏经洞的珍藏，便采用欺骗加收买的手段，从王道士手中窃取了六百多件经卷，七年后再次购得五百七十余件写本、绘画等精品。其后，法国汉学家伯希和及日本人橘瑞超、俄国人鄂登堡、美国人华尔纳等文物盗贼纷纷来到敦煌，一批批珍贵的历史文物相继流失海外，剩余的少部分被解送入京，得以保存。

④ 敦煌莫高窟是由建筑、绘画、雕塑组成的博大精深的综合艺术殿堂，被誉为“东方艺术明珠”。藏经洞的发现，被认为是20世纪世界重大考古发现之一，引起了国内外学者的极大关注，并催生出了一门国际显学——敦煌学，为中华文明走向世界作出了巨大贡献。

三 山东泰山

（世界文化与自然遗产）

一览众山小天下，[①]
五岳雄视尊岱宗。[②]
帝王膜拜行封禅，[③]
仁者登临欲荡胸。
归鸟疾逝弥一瞬，
层云涌动敛千峰。[④]
十八盘接玉皇顶，
天地尽在我怀中。[⑤]

① 泰山古名岱山，自然景观雄伟奇绝，有数千年精神文化的渗透渲染和人文景观的烘托，被誉为中华民族精神文化的缩影。孟子曰：“孔子登东山而小鲁，登泰山而小天下。”

② 泰山之所以被称为“岱宗”“五岳之首”，源自盘古开天辟地的神话。盘古死后，他的头变成了东岳泰山，腹为中岳嵩山，左臂为南岳衡山，右臂为北岳恒山，双脚为西岳华山，以此之故而名。

③ 封为祭天，禅为祭地，封禅是指中国古代帝王在太平盛世或天降祥瑞之时祭祀天地的盛典。古人认为泰山最高，为“天下第一山”，因此将封禅大典选于此。自秦始皇始，至宋真宗止，共有六帝十次在此封禅。

④ 杜甫在《望岳》诗中写道：“荡胸生层云，决眦入归鸟。”泰山之雄奇，可尽收眼底。

⑤ 十八盘是泰山登山盘路中最险要的一段，共有一千六百余级，好似天门云梯，高不可攀。玉皇顶则为泰山主峰之巅，帝王封禅时燔柴祭天于此，望祀山川诸神。杜甫诗云：“会当凌绝顶，一览众山小”。登此绝顶，天地尽在怀中。

四 长城

（世界文化遗产）

万里长城雄姿扬，

巨龙逶迤气势昂。[①]

东西绵延抵袭扰，

南北隔绝修边防。[②]

当时费尽生民力，

自古难挡铁骑强。[③]

民族精神却永在，

以我血肉筑铜墙！[④]

① 长城是人类文明史上最伟大的建筑工程，它始建于两千多年前的春秋战国时期，秦朝统一中国后连成万里长城。汉、明两代又曾大规模修筑。其工程之浩大，气势之雄伟，堪称世界奇迹。登上长城，不仅能目睹它逶迤于群山峻岭之中的雄姿，还能领略到中华民族创造历史的智慧和力量。

② 公元前221年，秦完成统一后，秦始皇下令将战国时期北方诸国各自修建的长城连接成一个完整的防御体系，以抵御匈奴。后世又不断重修和加建，以期阻挡游牧民族对中原的袭扰。长城的修建一直持续到明代，终于建成为古代世界最大的军事设施。

③ 到了清朝，康熙皇帝对长城的修建提出了质疑，他在诗中写道："万里经营到海涯，纷纷调发逐浮夸。当时用尽生民力，天下何曾属尔家？"

④ 到了近现代，长城在军事上的防御功能早已荡然无存，但它的精神价值却远远超过了其在军事和建筑学上的价值。它已然成为中华民族的精神象征，正如国歌《义勇军进行曲》中所唱："把我们的血肉，筑成我们新的长城！"

五 西安秦始皇陵及兵马俑

（世界文化遗产）

始皇备极殊哀荣，

天威赫赫四方从。①

身后不逊生前势，

九泉亦与人间同。②

地下军团如活虎，

陶俑武士似生龙。③

当年征夫七十万，

千古一帝谁争雄？④

① 秦始皇陵南依骊山，北临渭水，自然环境极佳，占地约五十六平方公里，是中国最大的皇帝陵。该陵有内外两重夯土城垣，陵冢呈覆斗型，高五十五米，底边周长一千七百余米。据史料载，陵内建有各式宫殿，陪葬物有许多奇珍异宝。陵园四周还分布着包括兵马俑坑在内的大量陪葬坑。

② 古人有“事死如事生”的习俗，始皇之陵更是极尽奢华，备极哀荣。兵马俑坑于1974年被发现，共出土陶俑八千余件、战车百乘以及数万件实物兵器等文物。这一发现震惊中外，被誉为“世界第八大奇迹”“二十世纪考古史上的伟大发现之一”。

③ 兵马俑坑中的陶俑、陶马均与真人和真马大小相似，陶俑的形象各异，表情、神态无一雷同，栩栩如生却又威风凛凛，这便是秦军——史书上所描述的令东方各国望而生畏、闻之胆寒的“虎狼之师”。

④ 始皇陵营建过程中，征发七十二万人力，用工之多，工期之长（前后达三十九年），都是前所未有的。工程收尾阶段，陈胜吴广起义已经爆发，秦帝国危在旦夕，秦二世命大将章邯率修陵刑徒抗击起义军，陵园工程不得不草草完工。

六 北京故宫

（世界文化遗产）

其一

天上最高紫微星，
人间至尊紫禁城。①
明清改朝廿四帝，
壮伟宫阙几多层？②
玉砌雕栏今犹在，
惊风骤雨了无痕。③
旧时君王宣威地，
如今万民踏破门。④

① 北京故宫又称紫禁城，“紫”，指的是紫微星垣，紫微星即北极星，又名帝星，为至尊之星，象征至高无上的尊贵。皇帝居住的内城，严禁黎民百姓靠近，故称紫禁城。

② 紫禁城为明、清两代的皇宫，共有二十四位皇帝相继在此登基执政。始建于1406年，至今已六百多年。故宫是世界上现存规模最大最完整的古代木构建筑群，占地七十二万平方米，建筑面积约十五万平方米，拥有房屋九千多间。故宫黄瓦红墙，金扉朱楹，宫阙重叠，巍峨壮观，是中国古代建筑的精华。宫内现收藏珍贵历代文物和艺术品一百多万件。

③ 时过境在，物是人非。数百年间在这里发生的多少影响历史、改变国家的惊天大事，如今都犹如烟云过眼，了无痕迹。只有那些玉砌雕栏，还记得有谁凭栏暂驻，留下过足印。

④ 1911年，辛亥革命爆发，推翻了两千一百三十二年的封建帝制，也推翻了清政权。1924年11月，清逊帝溥仪被冯玉祥赶出紫禁城。第二年，这里被改建为故宫博物院，向平民百姓开放供其游览参观。

其二

南京自古不祯祥，

偏安一隅短命亡。⑤

成祖迁都谋深远，

大明立国祚久长。⑥

紫禁城延两朝代，

太和殿坐数十皇。

帝制终结宫如故，

人头攒动看龙床。

⑤ 南京曾为“六朝古都”，东吴、东晋、刘宋、萧齐、萧梁、陈朝均曾在此建都。虽号称“虎踞龙盘”、有“金陵王气”，但大多国祚短命（后世的太平天国、蒋家王朝也都如此）。

⑥ 明成祖朱棣篡位后，一则恋其“龙兴之地”燕京，二则不安于篡位之地南京，三则为加强北部边防，以抵御残元南袭，故下令迁都北京，在元大都的基础上营建紫禁城，明朝得以享国二百七十六年。

㊆ 安徽黄山

（世界文化与自然遗产）

传说黄帝曾炼丹，

此山故名谓“黄山”。[①]

百步天梯登绝壁，

八方云海献壮观。

怪石嶙峋托旭日，

奇松葳蕤立危岩。[②]

迎客松前留倩影，

莲花峰上看杜鹃。[③]

① 黄山原名黟山，因峰岩青黑，遥望苍黛而名。传说轩辕黄帝曾在此炼丹，故更名为黄山。明代著名旅行家徐霞客曾评价道：“薄海内外，无如徽之黄山。登黄山，天下无山，观止矣!”后人据此凝练为“五岳归来不看山，黄山归来不看岳”。黄山由此名声大噪。

② 黄山以奇松、怪石、云海、冬雪、温泉为“五绝”，以玉屏楼景区为中心，以七十二峰为主体，其中尤以莲花峰、光明顶、天都峰为最。天都峰是三大主峰中最为险峻之处，奇景则云集于玉屏楼，百步天梯更是叹为观止。蓬莱三岛宛如仙境，松谷听涛令人陶然忘机。

③ 奇松是黄山的标志，迎客松更是黄山的“金字招牌”。它独特的丰姿，好似殷勤好客的主人张开臂膀，热情迎接和拥抱八方宾朋。莲花峰是黄山的最高峰，形似一朵初绽的莲花。初春时节，从莲花岭直到峰顶，沿途一公里可见飞龙松、倒挂松等各种奇松及满山盛开的杜鹃，应接不暇，美不胜收。

❽ 四川黄龙、九寨沟

（世界自然遗产）

天下奇美不胜收，
当属黄龙、九寨沟。[①]
人间瑶池炫五彩，
绝世仙境遗千秋。[②]
彩林翠海织童话，
雪峰飞瀑汇龙湫。[③]
此生此景当一见，
方无遗憾到此游。

① 黄龙和九寨沟景区位于四川阿坝州。黄龙素以彩池、雪山、峡谷、森林“四绝”著称于世，并以其雄、峻、奇、野的风景特色，享有“世界奇观”的美誉。九寨沟是一条纵深近百里的山沟谷地，因周围有九个藏族村寨而得名。总面积七百二十平方公里的区域内，一半多的面积被茂密的原始森林覆盖，兼有湖泊、瀑布、雪山之美。

② 瑶池是神话传说中西王母所居之美池，位于昆仑山上。瑶池之水，先由圣水炼化，洁净成云，广布天地之间。黄龙沟内遍布碳酸钙华沉积，并呈梯田状排列，仿佛是一条金色巨龙。钙华池水随着季节不同及周围景色和阳光的照射角度变化，能变幻出五彩斑斓的颜色，故被誉为“人间瑶池”。

③ 九寨沟尤以翠海、彩林、雪峰、叠瀑而闻名。四周雪山融化的雪水形成瀑布，飞流直下汇成深潭龙湫。秋季从沟底到海拔四千八百多米的山顶，不同的林木呈现出红、黄、绿等多彩景象，奇美无比。九寨沟因富于原始自然风貌，酷似“童话世界”。

九 湖南武陵源

（世界自然遗产）

群山耸峙姿万千，

天生桥飞巉岩间。[①]

怪石形兽皆啸谷，

奇峰如林竞参天。

白云蒸腾红霞蔚，

幽谷清冽飞瀑喧。[②]

陶令到此应惊叹，

武陵源胜桃花源。[③]

① 武陵源国家级风景名胜区位于湖南省张家界市，总面积近四百平方千米，由国家森林公园、索溪峪和天子山三大景区组成。主要景观为石英砂岩峰林地貌。武陵源以奇峰、怪石、幽谷、秀水、溶洞“五绝”而闻名于世。奇峰林立，姿态万千，蔚为壮观。其间沟壑纵横，溪涧密布，森林茂密。两座天然形成的巨大石桥如天造地设，黄龙地下溶洞竟长达十三公里，令人称绝。

② 武陵源最独特的景观是三千多座尖细的砂岩峰和砂岩柱，它们与仅高数十米的云南石林群不同，大部分都高达二百米以上。山峰细尖而高挑，峣峣兮欲折，危危兮欲倾，峰之纵横处还有明显的裂隙，山风一吹，似乎都将摇摇欲坠，令人观此，魄散魂飞。

③ 陶渊明曾在《桃花源记》中写下了他对世外桃源与世隔绝的平静安宁生活的向往与憧憬。而武陵源更像是人间仙境，令人神往。陶令到此，想必也会流连忘返。

❶ 湖北武当山古建筑群

（世界文化遗产）

武当绵延八百里，

断崖峭壁不可攀。

亘古无双之胜境，

天下第一号“仙山”。[①]

玉宇琼阁掩云里，

飞檐绿瓦出天边。[②]

登楼伸手可摘月，

不得高声惊神仙。[③]

① 武当山，雄风峻岭，标奇韵秀，耸立于中国西部山区城市十堰境内。景区“绵亘八百里”。在古代，武当山以“亘古无双胜境，天下第一仙山”的显赫地位，成为千百年来人们顶礼膜拜的“神峰宝地”。

② 武当山古建筑群坐落在沟壑纵横、风景如画的武当山麓，与自然环境巧妙结合，达到了“仙山琼阁”的意境。这里的宫殿和庙宇构成了一组世俗和宗教建筑的核心，集中体现了中国元、明、清三代的建筑和艺术成就，其中的道教建筑可以追溯到公元7世纪，代表了近千年的中国艺术和建筑的最高水平。

③ 明成祖朱棣发动“靖难之役”篡位后，始终认为冥冥之中有天神在佑护着他，这便是道教的“真武大帝”。永乐十一年（1413年），他役使三十多万工匠，在武当山大兴土木，耗时十余年建成了九宫、八观、七十二岩庙等三十三处大型建筑群，并修砌了全山的石道，因此有“山中故宫”之称。建筑群充分利用山势和崖洞的天然环境，宫观坐落于峰峦之上，宛如仙境，令人有神游之感。

十一 山东曲阜孔庙、孔府及孔林

（世界文化遗产）

高山仰止谒孔林，

圣哲遗风在此寻。①

金声玉振余音袅，②

鼎食钟鸣后裔群。③

千年薪火得传继，

万古长夜有光明。④

虽不能至心向往，

大道如砥宜前行。⑤

① 孔子是中国最伟大的哲学家、政治家、教育家。纪念孔子的庙宇孔庙、孔氏墓地孔林和府邸孔府，是历代纪念孔子、推崇儒学的表征，以其丰富的文化积淀、悠久的历史、宏大的规模、丰富的文物珍藏及科学艺术价值而著称。

② 孔庙是公元前478年为纪念孔子而兴建的，千百年来屡毁屡建，目前已发展成为超过一百座殿堂的庞大建筑群。孔庙主殿大成殿前的第一道门坊上，横额为“金声玉振”。此句出自《孟子》：“孔子之谓集大成。集大成也者，金声而玉振之也。金声也者，始条理也；玉振之也者，终条理也。始条理者，智之事也；终条理者，圣之事也。”以此表明孔子思想尽善尽美，集古圣先贤之大成，对文化发展贡献巨大并达至极致。

③ 钟鸣鼎食，击钟列鼎而食，形容世家大族的生活排场。孔氏家族薪火相传，繁盛不绝，后裔至今已七十余代。在孔林中，有超过十万的家族成员葬于此地，规模巨大。

④ 古人云：天不生仲尼，万古如长夜。孔子及其创立的儒家思想，两千多年来深刻地影响着中国的政治、社会、文化和人们的思想观念、道德规范，成为中华文明和民族精神的源头，生生不息。

⑤ 司马迁在《史记·孔子世家》中赞曰：“高山仰止，景行行止。虽不能至，然心向往之。”这段话，精辟地道出了后世对孔子无限的崇敬与景仰之情。

十二 河北承德避暑山庄

（世界文化遗产）

女真尚武建八旗，

入主中原戒奢靡。

承德避暑理朝政，

木兰秋狝习射骑。①

离宫别苑多秀美，

山色湖光甚旖旎。②

壮哉巍峨外八庙，

万壑松风烟雨奇。③

① 避暑山庄又名热河行宫，是清代皇帝夏天避暑和处理政务的离宫。它始建于1703年，历经康熙、雍正、乾隆三代皇帝，历时约九十年建成。清帝每年秋天都要到木兰围场进行围猎，时称“木兰秋狝”。此举并非纯粹为了狩猎娱乐，而是要使骁勇善战的八旗兵始终保持吃苦耐劳传统，习骑射，以抵御和戒除骄奢淫逸的恶习，做到安不忘危。为此清廷在北京至围场沿途设置了许多行宫，其中最大最气派的当数热河行宫。

② 与北京紫禁城相比，避暑山庄以朴素淡雅的山村野趣为格调，取自然山水之本色，吸收江南塞北风光，成为中国现存占地面积最大的古代帝王宫苑。区内七十二景中，各有康熙以三字命名和乾隆以四字命名的三十六景，如烟雨楼、如意洲和四面云山、万壑松风等等。

③ 为了巩固北部边防，笼络漠南、漠北、漠西蒙古三大部和西藏的王公贵族，朝廷还在避暑山庄仿造了布达拉宫，建成了气势雄伟的外八庙藏传佛教寺庙建筑群，以期天下归心。

十三 西藏布达拉宫

（世界文化遗产）

佛教圣地布达拉，
文成公主安新家。[①]
红白两宫同伫立，[②]
唐蕃一统续婚娅。[③]
喜马拉雅山高耸，
珠穆朗玛峰挺拔。
蓝天之下红山上，
殿堂圣洁璧无瑕。

① 布达拉为梵文“佛教圣地”之意。布达拉宫坐落在海拔三千七百米的拉萨红山之上，是著名的宫堡式建筑群，藏族古建筑艺术的精华。始建于公元7世纪，距今已有一千三百多年，是藏王松赞干布为迎娶唐朝文成公主而建的。宫体主楼十三层，高一百一十五米，全部为石木结构，五座宫顶覆盖镏金铜瓦，金光灿烂，气势雄伟，象征着藏传佛教及其在历代行政统治中的至高地位。

② 吐蕃王朝覆灭之际，布达拉宫大部分都毁于战火。此后历代达赖在此基础上相继重修与扩建，终成今日之规模。它分为红宫和白宫两大部分，居于中央的是红宫，主要用于宗教事务。白宫则是达赖喇嘛生活起居和政治活动的场所。

③ 唐蕃和亲后，中原与吐蕃之间的关系极为友好和谐，使臣和商人频繁往来。松赞干布十分倾慕中原文化，他脱掉毡裘，改穿绢绮，并派吐蕃子弟到长安国学读书。公元823年所立《唐蕃会盟碑》汉文记载：“商议叶同，务令百姓安泰，所思如一。成久远大喜，再续慈亲之情，重申邻好之义，为此大好矣。”藏文（译文）写道：“重协社稷如一，更续姻好。复迎娶金城公主降嫁赞普之衙，成此舅甥之喜庆矣。舅甥和叶社稷如一统，情谊绵长。……”布达拉宫成为汉藏和睦一家亲的历史见证。

十四 四川乐山大佛

（世界文化与自然遗产）

三江汇流水激湍，

栖霞峰前凿峭岩。①

仰观巨佛心肃穆，

俯瞰苍生态庄严。②

额头白云拭沁汗，

耳后螺髻流清泉。③

世间最大弥勒像，

光明幸福俱成全。④

① 乐山大佛位于峨眉山以东，岷江、大渡河、青衣江三江汇流处，是依凌云山栖霞峰临江峭壁凿造的一尊弥勒坐像。大佛通高七十一米，形象高大雄伟，仅一只佛足之上，就可围坐百人，有“山是一尊佛，佛是一座山”之称，是世界最大的石雕弥勒佛像。

② 游人驻足于大佛脚下，还不及其脚趾之高，形同蝼蚁。仰望大佛，顿生敬畏。而大佛依岩端坐，头与山齐，足踏大江，俯瞰众生，神态庄严。

③ 因佛像实在太过高大，山中白云时常飘过他的额头，似在拭去沁出的微汗。而为了不让雨水日复一日地侵蚀佛像，建造者巧妙地在大佛的两耳和颅后的螺髻中设计了排水系统。故古人有“泉从髻中流”之诗句。

④ 由于三江汇流处水流凶猛，每当汛期，江水直捣山壁，常造成船覆人亡。唐代崇佛成风，人们历时九十年，耗费人力物力财力，凿造这尊意蕴着光明和幸福的未来佛，祈祷佛祖平息水患、保佑平安。

十五 江西庐山

（世界文化景观遗产）

大山雄峙大江边，

好汉坡上如登天。[①]

苏轼峰岭来四面，

李白飞流下三千。[②]

朱熹白鹿修书院，[③]

灵运东林种白莲。[④]

匡庐奇秀甲天下，

行走天街若成仙。[⑤]

① 庐山位于江西九江，北临长江，南依中国第一大淡水湖鄱阳湖，其主峰汉阳峰海拔一千四百七十三米。大山、大江、大湖聚在一起，浑然一体，气势磅礴。庐山素以“雄、奇、险、秀”名扬天下，是著名的旅游风景区和避暑疗养胜地。在开通盘山公路之前，人们只能步行从好汉坡登山，坡陡路险，有如登天之难。

② 庐山是一座历史悠久的文化名山，名胜古迹遍布山中。千百年来，无数文人雅士、名人志士在此留下了浩如烟海的丹青与诗文。苏轼的“横看成岭侧成峰，远近高低各不同”，让人身临其境领略到庐山的真面目；李白的“飞流直下三千尺，疑是银河落九天”，让人感受到香炉峰云雾的神奇和三叠泉瀑布的壮观。这些脍炙人口的名篇佳句，滋润了亿万中国人的心田。

③ 南宋大儒朱熹知南康军时，将位于五老峰南麓的白鹿洞书院予以重建，并亲自讲学。他所订立的学规，成为后世书院教育的准则和规范，深刻地影响了中国的思想文化进程。

④ 东晋高僧慧远在此领众修道，后世净土宗尊其为初祖。当时名士谢灵运钦服于慧远，替他在东林寺开东、西两池，广种白莲。故慧远所创之社亦称“白莲社”，又称“莲宗”。

⑤ 庐山还是一座道教名山。传说商周时期，有匡氏兄弟七人结庐隐居于此山，皆成仙而去。其所居之庐幻化为山，故名庐山，又称匡庐。故有“匡庐奇秀甲天下”之美誉。在著名的飞来石旁，有八仙之一的吕洞宾修炼而居的仙人洞，毛泽东也留下了“天生一个仙人洞，无限风光在险峰”的名句。游人傍晚行走于天街，云雾飘然而至，宛如天上神仙。

十六 苏州古典园林[①]

（世界文化遗产）

流连园林寄浮生，

亭台楼榭花缤纷。[②]

螺蛳壳里做道场，

咫尺之中造乾坤。[③]

天下山川能缩影，

人间景色且藏珍。

奇峰秀水佳绝处，

曲径通幽又一春。[④]

① 苏州古典园林历史绵延两千余年，在世界造园史上有着独特的历史地位和价值。它以写意山水的高超艺术手法，蕴含浓厚的传统思想文化内涵，是展示东方文明的造园艺术典范，实为中华民族的艺术瑰宝。

② 常言道：上有天堂，下有苏杭。苏州自古以来就是人们向往的宜居之地，历代达官显贵和巨贾富商自然也把这里作为退隐、休养、疗心的首选之所。这从一些名园的取名就可看出其意蕴，如拙政园（拙于政务）、退思园（退而思过）、沧浪亭（沧浪之水清兮，可以濯我缨；沧浪之水浊兮，可以濯我足）等等。

③ 苏州园林毕竟位于城内，占地面积不可能太大。如何在有限的空间中营造出无限的意境，园林主人和造园设计师用足了心思和工夫。苏州园林便是充分体现“咫尺之内再造乾坤，取法自然超越自然”这一理念的杰作。用苏州人的话说，就叫“螺蛳壳里做道场”。

④ 具体来说，就是大量采用曲径、漏窗、玄关、屏风、假山（用太湖石堆砌）、小池以及亭台楼榭等小景建筑，在不大的地域间造成移步换景、曲径通幽、柳暗花明、豁然开朗的心理体验和审美效果，宛如音乐的一唱三叹，欲罢难休。

十七 山西平遥古城

（世界文化遗产）

古城始于周宣王，

两千多年历沧桑。[①]

城垣重修明洪武，[②]

票号当数“日升昌”。

汇通天下操命脉，

财聚万方到外邦。[③]

四纵八横街与道，

“古衔之最”居中央。[④]

① 平遥古城始建于公元前827年周宣王时期，为西周大将尹吉甫驻军于此而建。自公元前221年秦朝实行郡县制以来，平遥城一直是县治所在地，延续至今。古城历尽沧桑，是国内现存最完整的一座古代县城，素有“中国古建筑的荟萃和宝库”之称。

② 明洪武三年（1370年）为防御北元南扰，重建城墙，在旧城垣基础上重筑扩修，并整体包砖。有明一代，又经过十次补修和修葺，更新城楼，增设敌台，形成如今的格局和气势。古城总周长六千一百六十三米，墙高十二米，城内面积二点二五平方公里。

③ 日升昌票号是1823年由平遥富商李大金出资创办，开中国民族银行业之先河，一度操纵19世纪整个清王朝的经济命脉。分号遍布全国三十多个城市，业务远及欧美、东南亚，以“汇通天下”著称于世。19—20世纪初期，平遥是整个中国金融业的中心。

④ 平遥古城为中国古代典型的中轴线对称布局，街道四纵八横，四通八达。其县衙为全国现存规模最大的古县衙。十一世班禅曾为之题词：“平遥县衙，古衙之最。”

十八 云南丽江古城

（世界文化遗产）

七级地震免大殃，

世人从此知丽江。[①]

金沙江水浩荡荡，

玉龙雪山莽苍苍。[②]

四方街通城内外，

五凤楼瞰好风光。[③]

木府土司今何在？[④]

纳西古乐话沧桑。[⑤]

① 丽江古城又名大研镇，是云南省丽江纳西族自治县的中心城镇。古城海拔两千四百多米，是一座风景秀丽、历史悠久、文化灿烂的名城，也是中国保存完好的少数民族古城。1995年11月，丽江古城申报世界遗产。但次年2月3日，丽江就发生了七级大地震，九县百万人受灾，大量建筑物毁于一旦。联合国教科文组织当时本拟取消该申报，但专家前来考察后发现，由于古城建筑大多是传统木结构，抗震性好，因此并未造成毁灭性破坏，丽江依然保持了昔日的风采，因此当年即通过了世遗评审。

② 丽江古城依山傍水，坐落在丽江坝子中部、玉龙雪山脚下。向东南奔腾的金沙江在流经丽江石鼓时突然转向东北，形成著名的虎跳峡，两岸山岭与江面形成约三千米的高差，峡谷深险，水流湍急，气势骇人。

③ 丽江古城把经济和战略重地与崎岖的地势巧妙地融合在一起，真实完美地保存和再现了古朴的风貌。古城的建筑历经数个世纪的洗礼，融汇了汉、白、彝、藏各民族精华，并自具纳西族独特风采。城中并无四方八正的道路网，也无森严的城墙。四方街为古城中心。五凤楼则始建于明万历二十九年（1601年），楼台三叠，屋担八角，二十四个飞檐就像五只彩凤展翅来仪，因此得名。

④ 木府为丽江世袭土司木氏的衙署，始建于元代，距今近八百年。府内悬挂有元、明、清历代皇帝亲赐的匾额十一块，见证了木氏家族的盛衰历史。

⑤ 纳西古乐是云南最古老的音乐，有七百多年历史，源于汉族的洞经音乐和皇经音乐，融入了道教法事、儒家典礼甚至是唐、宋、元的词、曲牌音乐，形成其独特的灵韵，被誉为“音乐化石”，是纳西族接受以儒道文化为代表的中原文明而形成的艺术结晶。

十九 北京天坛

（世界文化遗产）

天似穹庐笼人间，

天子设坛祭皇天。[①]

风调雨顺祈国泰，

人寿年丰盼民安。

泽被苍生润万物，

恩施百世流千川。

登坛仰望凌霄殿，

此处离天三尺三。[②]

① 在中国古人的宇宙观中，天圆地方，天似穹庐，笼盖人间。中国则居于大地之中。据此，上天之子、人间皇帝便要祭天，以祈求风调雨顺，五谷丰登。

天坛就是明、清两代皇帝每年祭天的地方。它建于明永乐十八年（1420年）。南有圜丘坛、皇穹宇，北有祈年殿、皇乾殿，由一座高两米多、宽二十八米、长三百六十米的甬道，把这两组建筑连接起来。走在甬道，犹如登天。

② 天庭是中国古代神话中玉皇大帝和王母、帝俊等天地主宰以及众多神仙的居所。其最高处为弥罗宫的皇极凌霄殿，玉帝即在此殿中召见诸天万神。

二十 北京颐和园

（世界文化遗产）

皇家园林世所稀，

千顷御苑人称奇。①

万寿山上楼高耸，

昆明湖边廊逶迤。②

江南风景俱囊括，

天下名胜多抄袭。③

可恨国弱毁战火，

慈禧重修方补遗。④

① 颐和园前身为清漪园，始建于1750年，是清朝皇家行宫御苑。它位于北京西山脚下，这里泉泽遍野，群峰叠翠，山光水色，风景如画，园林总面积达到一千多公顷，其规模之大，世所罕见。

② 颐和园以昆明湖、万寿山为基址，以杭州西湖为蓝本，汲取江南园林的设计理念，在万寿山建成了以佛香阁为中心的巨大主体建筑群。从山脚的“云辉玉宇”牌楼，直至山顶的智慧海，形成一条层层上升的中轴线。与此纵向轴线相交叉，沿昆明湖边，则是一条长达七百多米的长廊逶迤而行，其枋梁之上绘有八千多幅装饰彩画，极具艺术价值，号称“天下第一廊”。

③ 颐和园拢天下山水名胜于一园之中，如凤凰墩仿太湖、景明楼仿岳阳楼、望蟾阁仿黄鹤楼、后溪买卖街仿苏州水街、西所买卖街仿扬州二十四桥等等，不一而足。颐和园将亭台楼阁、殿堂庙宇、长廊和小桥等人工景观与自然山水融为一体，具有极高的审美价值，堪称中国风景园林设计中的杰作。

④ 1860年，在第二次鸦片战争中，清漪园与圆明园一样，也在英法联军进攻北京的战火中遭到严重损毁。1888年3月，光绪皇帝发布上谕，公布清漪园大修，作为慈禧太后的退居休养之所，为其六十诞辰贺寿，并将其改名为颐和园。由于经费有限，乃集中财力修复前山建筑群，部分高大建筑也因经费拮据，被迫缩小尺寸。颐和园成为晚清江河日下、走向衰亡的历史见证。

二十一 福建武夷山

（世界文化与自然遗产）

武夷奇秀甲东南，

清水芙蓉自天然。[①]

两岸奇峰列仙岫，

一溪碧水绕丹山。[②]

九曲棹歌纪朱子，[③]

千寻绝壁遗悬棺。[④]

理学圣地人皆仰，

更有天游不可攀。[⑤]

① 李白有诗："清水出芙蓉，天然去雕饰。"意为宛如出自清水的芙蓉，本就存在一般，毫无雕琢打磨之痕迹。武夷山便是如此。它位于福建北部，地势由西北向东南倾斜，最高峰海拔二千一百五十八米，被称为"华东屋脊"，有"奇秀甲东南"之誉。

② 武夷山为丹霞地貌。曲折萦回的九曲溪贯穿于丹崖群峰之间，如玉带串珠，将三十六峰、九十九岩连为一体。山临水而立，水绕山而行，峰岩高低、河床宽窄、水流急缓、视角俯仰等都极佳绝妙，构成"一溪贯群山，两岩列仙岫"的独特美景，溪光山色中融入了中国传统的诗情画意和美学意境。

③ 在武夷山生活了近五十年的理学大师朱熹，同时也是一位诗兴勃发、诗情泉涌的诗人。他浸淫于如斯美景，流连于山光水色之间，挥毫写下与他平素风格迥异的民歌范儿的《九曲棹歌》，传唱至今。

④ 武夷山令人称绝的还有九曲溪两岸悬崖峭壁上的崖洞中那千年不朽的悬棺。多年前，同济大学的师生曾在此做过实验，试图用绳索、滑轮、撬棍、杠杆等原始工具将模拟悬棺吊入崖壁岩洞，结果却不甚理想。

⑤ 除自然风景奇美峻秀外，武夷山还是一座"三教名山"，儒、佛、道在这里并行兼容，共生共荣。朱熹创办的武夷精舍（紫阳书院）等研学讲学之所，更成为朱子理学发扬光大、弘扬传播的思想高地，对儒学的继承与发展产生了极其深刻的影响。朱子理学正如武夷天游峰一般，仰之弥高，钻之弥坚，历久弥新。

二十二 重庆大足石刻

（世界文化遗产）

四大石窟名远播，

大足石刻势磅礴。[①]

五山俱开唐至宋，

三教合一儒道佛。[②]

谁使神工挥鬼斧？

哪来天造与地设？[③]

千姿百态映满目，

万尊造像皆雕琢。[④]

① 大足石刻是与敦煌莫高窟、大同云冈石窟、洛阳龙门石窟、天水麦积山石窟等中国四大石窟齐名的石雕石刻群。其规模之宏大，艺术之精湛，内容之丰富，保存之完好，世所罕见，具有很高的历史、科学和艺术价值，在我国古代石刻艺术史上有着举足轻重的地位，被誉为神奇的“东方艺术明珠，世界文化遗产宝库”。

② 大足石刻开凿时间跨度从公元9世纪到13世纪，历经唐、五代至宋。石刻群集中在宝顶山、南山、北山、石篆山、石门山这五山之中，共有七十多处，雕像十万余尊，铭文十万余字，尤以宝顶山和北山摩崖石刻最为著名，代表了唐宋石刻造像艺术的最高水平。造像以佛教题材为主，儒、道题材并陈，充分展示了中华民族忠孝、诚信、礼义、廉耻的核心价值理念。

③ 大足石刻群遍布于五山崖壁之上，星罗棋布。其中宝顶山大佛湾造像长达五百米，气势磅礴，雄伟壮观。造像群千姿百态，形象各异，无一雷同。其造型丰满，神态逼真，鬼斧神工，犹如天造地设。尤其是那尊被称为“国宝中的国宝”的千手千眼观音像，更是令人称奇叫绝，叹为观止！

④ 大足石刻是佛教东传之后中国化、本土化的体现，是佛教典故民族化、生活化、通俗化的典范之作。其浓厚的世俗信仰，纯朴的生活气息，在石窟艺术中独树一帜，形成了一座生动的民间风俗画廊。

二十三 安徽古村落：西递、宏村

（世界文化遗产）

明清徽商何风光？

富甲天下归故乡。[①]

依山傍水建村落，

慎终追远修祠堂。[②]

斗拱飞檐窗棂扇，

白壁青瓦马头墙。[③]

美景如诗亦如画，

桃花源中耕读忙。[④]

① 西递、宏村都属于古徽州。西递坐落于黄山南麓。晚唐时期，身为唐氏宗亲的西递始祖因遭变乱，从北方南迁至此，繁衍生息，形成聚居村落，故一向文风鼎盛。到明、清年间，当地一些读书人弃儒从贾，经商成功，这便是著名的儒商“徽商”。

② 发迹了的徽商们纷纷荣归故里，衣锦还乡。他们大兴土木，铺路、架桥、建房、办书院、修祠堂，形成了规整、气派的村落。虽历经数百年的社会动荡、风雨侵袭，今天的西递村依旧保留着明清村落的基本面貌和特征。

③ 徽派民居的外部造型颇有特色，层层叠摞的马头墙高出屋脊，有的半掩半映，有的檐角青瓦起势飞翘，勾勒出墙头与天空的轮廓线，增加了空间的层次感和韵律美，体现了天人之间的和谐。内部装饰则力求精美，雕梁画栋，斗拱飞檐，石雕、砖雕、木雕都精雕细刻，上面有神话传说、历史故事等等，题材广泛，引人入胜。粉墙黛瓦散落在山麓或丛林之间，远山近林的浓淡绿与建筑的黑白色相映生辉，美不可言。

④ 宏村始建于北宋，距今已有近千年历史。村内鳞次栉比的层楼叠院与旖旎的湖光山色交相辉映，空灵蕴藉，古朴素雅，处处是景，步步如画，完整保存着古村落的原始状态，没有丝毫现代文明的迹象，故被誉为“中国画里乡村”。

西递村素有“桃花源里人家”之称，一如陶渊明笔下的世外桃源。而徽州地区自古以来就有诗书传家、耕读传家的传统习俗，是中国儒家文化的影响力在乡村民间最典型的体现。

二十四 明清皇家陵寝

（世界文化遗产）

帝后宾天葬皇陵，
陵寝风水自不群。[①]
前有朱雀后玄武，
右为白虎左青龙。[②]
百官肃立迎神道，
群兽镇墓辟鬼魂。[③]
龙凤躯骸皆成土，
唯剩砖石作遗存。

① 明清皇家陵寝包括明显陵、清东陵、清西陵、明十三陵、明孝陵和盛京三陵等。它们分别于2000年、2003年和2004年被列入世界文化遗产。明清皇家陵寝是明、清两代帝王、后妃、王爷、公主的陵园，遵照中国传统的占卜和风水理论而建。其宏伟高大的建筑群与细腻考究的传统装饰相互衬托，是中国封建集权思想和世界观的最高体现。

② 皇家陵寝的选址，经过了长期反复认真的勘测、规划和选择，极其讲究风水（堪舆），坐落在风光秀丽的自然山丘环境中。中国风水学将建筑包括陵墓前后左右的山水称为左青龙、右白虎、前朱雀、后玄武，认为建筑须有依托倚靠，方得安宁。

③ 神道为进出陵区的主要通道，又指“墓前开道，建石柱以为标”。神道两侧通常都陈列着仪仗队式的石人石兽（也称石像生、翁仲），除显示墓主身份、等级、地位外，也有驱邪镇墓之意。石人为头戴朝冠、手持朝笏的文臣和身披甲胄、手持金盾的武将。石兽则为狮、象、马、麒麟、骆驼、獬豸。

二十五 河南洛阳龙门石窟

（世界文化遗产）

北魏迁都至洛邑，

伊水两岸开窟龛。①

南北绵延一公里，

前后连续千余年。

佛教文化至极致，

石刻艺术达峰巅。②

难言之美卢舍那，

模特取自武则天。③

① 北魏孝文帝推行汉化政策，将国都由山西大同迁至河南洛阳。北魏崇佛，继开凿大同云冈石窟之后，在洛阳又继续开凿龙门石窟。龙门石窟又称伊阙，北魏郦道元《水经注》中记载：昔大禹疏龙门以通水，两山相对，望之若阙，伊水历其间，故谓之伊阙。意为龙门是由大禹治水时所开凿。鱼跃龙门的传说，亦出自于此。

② 龙门石窟分布于伊水两岸的龙门山与香山的崖壁之上，南北绵延长达一公里，现存窟龛两千三百四十五个，雕像十一万余尊。石窟群开凿历时一千四百多年，历经十多个朝代，是世界上营造时间跨度最长的石窟，又是世界上造像最多、规模最大的石刻艺术宝库，被联合国教科文组织认定为“中国石刻艺术的最高峰”。

③ 奉先寺石窟是龙门规模最大、艺术最为精湛的一组摩崖群雕，开凿于唐高宗初年，由皇后武则天赞助脂粉钱两万贯营造，共有九尊大佛。主佛卢舍那大佛，为释迦牟尼的报身佛。卢舍那意为“光明普照”。该像高十七米，头高四米，佛像面部丰满圆润，双眉弯如新月，秀目凝视下方，面容祥和，令人敬而不惧，过目不忘，“望之俨然，即之也温”，具有极高的艺术魅力。人们普遍认为，这是以武则天为原型而塑造的，是盛唐气象的充分体现。

二十六 四川都江堰[①]

（世界文化遗产）

岷山雪水汇岷江，

江水浩荡泽四方。

雨季泛滥常为害，

旱时干涸亦成殃。[②]

溢洪排淤飞沙堰，

分水灌溉鱼嘴张。[③]

利在千秋功当代，

天府之国鱼米乡。[④]

① 都江堰位于成都平原西部的岷江上，建于公元前3世纪，是战国时期秦国蜀郡太守李冰父子率众修建的一座大型围堰，是全世界至今为止年代最久、唯一留存、仍在使用、以无坝引水为特征的宏大水利工程。这一工程为根治岷江水患，解决旱涝保收的难题，并为秦国崛起、东进中原、统一天下积蓄了雄厚的经济实力。

② 古代四川水旱灾害十分严重，每当洪水泛滥，成都平原便是一片汪洋，成为泽国；而一遇旱灾，又是赤地千里，颗粒无收。

③ 都江堰由分水鱼嘴、飞沙堰、宝瓶口组成，三者有机配合，相互制约，协调运行，引水灌田，分洪减灾，具有“分四六，平潦旱”的功效。其奥秘除了巧夺天工的工程布局外，更主要的是利用了流体力学的科学原理，遵循“乘势利导，因时制宜”的治水指导思想，“岁必一修”的管理制度，“遇弯截角、逢正抽心”的治河原则，以及“砌鱼嘴、立湃阙、深淘滩、低作堰”的引水、防沙、泄洪管理经验和治堰准则。

④ 李冰率众治水，功在当代，利在千秋，造福人民。都江堰水利工程凝聚着中国古代劳动人民勤劳、勇敢、智慧的结晶，至今仍灌溉着成都平原肥沃的农田，灌区近千万亩。四川从此河晏水清，旱涝不惊，六畜兴旺，五谷丰登，成为鱼米之乡，被誉为“天府之国”。

二十七 山西大同云冈石窟

（世界文化遗产）

北魏崇佛何痴迷？

开窟登峰欲造极。[①]

昙曜五窟揭序幕，[②]

拓跋五帝继传奇。[③]

高鼻深目雄且健，

秀骨清像柔而徐。

佛教艺术渐汉化，

一代自成一格局。[④]

① 北魏开国皇帝拓跋跬定都大同后，崇尚佛教，下诏兴建佛寺，延揽高僧。但第三代皇帝太武帝拓跋焘于公元446年下诏灭佛，在各地焚毁所有佛像、佛经，沙门无少长悉坑之，严禁佛教传播。文成帝拓跋濬继位后，颁布了复佛法诏，佛教得以复苏并重新发展至鼎盛。云冈石窟自此开凿，它位于大同西郊的武周山南麓，自东而西绵延约一公里，规模恢宏，气势雄浑。现存大小窟龛二百五十二个，雕刻面积达一万八千多平方米，造像五万余多尊，代表了公元5世纪至6世纪中国高超的佛教艺术成就，是这一时期中西文化融合的历史丰碑。

② 当时著名高僧昙曜主持开凿了雄伟壮观的五窟，揭开了云冈石窟凿建的序幕。五窟平面为马蹄形，穹隆顶，外壁满雕千佛。主像为三世佛，佛像高大，面相圆润，高鼻深目，两肩宽厚，气魄劲健、浑厚，具有典型的西域人像特征，融合了古印度犍陀罗、秣菟罗艺术精华，创造出独特的艺术风格。

③ 云冈石窟的开凿，自公元460年起，历经文成、献文、孝文、宣武、孝明五代皇帝，前后延续六十多年，分为早、中、晚三期。早期即“昙曜五窟”的开凿时期，中期时值孝文帝迁都洛阳前，这是北魏最稳定兴盛的时期，举全国之力兴建了一批大窟大像，至迁都前均已完成。这一时期也是石窟艺术中国化的创新期，产生了富丽堂皇的“太和风格”。雕刻追求工整华丽，洞窟形制、雕刻内容和风格均有明显的汉化特征。

④ 晚期大窟大像的开凿虽然停止，但小窟小像的镌建一直延续到孝明帝时期。佛像开始出现一种清新典雅的“秀骨清像”特点，标志着佛像艺术的汉化已基本完成。云冈石窟是佛教东传中国后，第一次由一个民族用一个朝代雕作而成的皇家风范的佛教艺术宝库，对中国石窟艺术的发展产生了深远的影响。

二十八 “三江并流”自然景观

（世界自然遗产）

三江并流何壮哉？

汹涌奔腾天上来！①

雪峰高耸六千米，

峡谷幽深万尺苔。

峻岭崇山脉横断，

激流险滩樯橹摧。②

并而不汇奇且特，

各行其道勿相违。③

①“三江并流”是指金沙江、澜沧江、怒江在滇西北青藏高原横断山脉纵谷地区的群山中并肩奔流的景象。这一地区是中国生物多样性最丰富的区域，同时也是世界上温带生物多样性最丰富的区域之一。

② 三条大江在云南迪庆州和怒江州境内自北向南并行奔流一百七十多公里，穿越担当力卡山、高黎贡山、怒山和云岭等崇山峻岭，途经三千多米深的峡谷和海拔六千多米的冰山。雄伟的高山雪峰，险要的峡谷险滩，秀丽的林海雪原，幽静的冰蚀湖泊，少见的板块碰撞，广阔的雪山花甸，丰富的珍稀动植物，独特的民族风情，构成了雄、险、秀、奇、幽诸多特色。

③ 三江并流，形成了世界上罕见的“江水并流而不交汇”的奇特自然地理景观。其间澜沧江与金沙江最短直线距离为六十六公里，与怒江还不到十九公里。“三江并流”自然景观一直是科学家、探险家和旅游者的向往之地，具有重要的科学价值和美学意义，在这里还能体验到丰富多彩的少数民族文化。

二十九 澳门历史城区[1]

（世界文化遗产）

航海探险向远东，

葡萄牙人做前锋。

珠江口外来番客，

南海岸边吹欧风。[2]

华洋互鉴人文盛，

中西交流贸易通。

妈祖天主信徒众，

多元共存皆相容。[3]

① 澳门历史城区是中国境内现存年代最远、规模最大、保存最完整和最集中的中西建筑交相辉映的历史城区。以澳门旧城为中心，串联起二十多个历史建筑，包括妈阁庙、郑家大屋、圣若瑟修院及圣堂、圣奥斯定教堂、关帝庙、玫瑰堂、大三巴牌坊、哪吒庙、大炮台、基督教坟场等，以及妈阁庙前地、耶稣会纪念广场等七个广场空间。城区保留着葡萄牙和中国风格的古老街道、住宅、宗教和公共建筑，见证了东西方美学、文化、建筑和技术影响力的交融。

② 1500年前后，葡萄牙人为先、西班牙人继后，欧洲各国相继开始了向亚洲、美洲等大洲的航海探险和殖民扩张，史称"地理大发现"。1553年，葡萄牙人借口船上的货物被海水打湿，需上岸晾晒，以五百两白银贿赂了当时明朝广东海道副使汪柏，获准在澳门上岸。他们看重的，是澳门得天独厚的地理位置和天然港湾，自此便居留下来，将其作为在东亚建立的第一个据点和贸易的中转地、补给站，进而向日本等地扩张。

③ 作为欧洲国家在东亚建立的第一个领地，澳门城区见证了四百多年来中华文化与西方文化相互交流、多元共存的历史。城区的建筑大部分至今仍保存完好，包括中国最古老的教堂遗址和修道院，第一座西式剧院、现代化灯塔和第一所西式大学等。城区是在国际贸易蓬勃发展的基础上，中西方交流最早且持续沟通的见证。

三十 河南安阳殷墟

（世界文化遗产）

安阳殷墟商故都，

武王灭商始荒芜。[①]

清末出土诩“龙骨”，[②]

民国发掘惊世俗。[③]

中国最早之文字，

华夏文明育凤雏。

遗址遗物佐信史，

源远流长人诚服。[④]

① 商人迁都，前八后五。但商朝第二十代王盘庚将国都迁至殷地（今河南安阳）后，商都便不再迁徙。商朝在此历经八代十二王，延续了二百七十三年。周武王灭商后，殷地逐渐荒废，故称“殷墟”。

② 清朝末年，国子监祭酒王懿荣患病抓药，他在一味被称作“龙骨”的中药（骨片）上发现有刻画的痕迹，经仔细辨认后，认为应该是上古文字，遂大量收购收藏。后经罗振玉、王国维等考证、调查，确认“龙骨”为商代甲骨，出土于安阳小屯村。“甲骨文”自此名满天下。

③ 1928年至1936年，中央研究院历史语言所先后在董作宾、李济、梁思永、郭宝钧先生的主持下，开始了对甲骨出土地殷墟的正式考古发掘，共发掘十五次，出土刻字甲骨近两万片和大量的陶器、玉器、青铜器。新中国成立后，殷墟发掘恢复，持续至今，取得了丰硕成果并震惊世界。这是中国考古事业中规模最大、持续时间最长的考古发掘，且完全由中国学者自行完成，殷墟因此被誉为中国近代考古学的发祥地。

④ 经过中外专家学者一个多世纪来的深入研究与反复发掘，确认殷墟为商朝中晚期的都城遗址，距今已有三千三百多年的历史。在遗址上发现了大量王室陵墓、宫殿、宗庙建筑，出土了大批工艺精美的陪葬品，体现了商代手工业的先进水平，是中国青铜器的“黄金时代”。而甲骨文（卜辞）则为商王室占卜所为，详细记录了商朝的政治、经济、社会、文化、习俗等极为丰富的信息，证明了甲骨文是迄今为止发现的中国最早的成熟文字，这就为确定中国的“信史”（可信的历史，即文明史）年代提供了明确充足的考古实物依据。

三十一 中国南方喀斯特

（世界自然遗产）

流水冲蚀石灰岩，

岩溶地貌亿万年。①

天坑地缝缘塌陷，②

钟乳石笋盼牵连。③

孤峰似塔峣易裂，

暗河成渊深难填。④

云南石林、荔波“斗”，

芙蓉别有一洞天。⑤

① 喀斯特是发育在以石灰岩和白云岩为主的碳酸盐岩上的地貌，又称岩溶地貌，是具有溶蚀力的水对可溶性岩石进行溶蚀作用为主，流水的冲蚀、潜蚀以及坍塌等为辅，所形成的地表和地下形态。“中国南方喀斯特”集中了中国最具代表性的喀斯特地形地貌区域，由云南石林的剑状、柱状和塔状地貌，贵州荔波的锥状（峰林）地貌，重庆武隆的以天生桥、地缝、天坑群等为代表的立体地貌共同组成，形成于距今三亿年至五十万年间。

② 天坑也称落水洞，为流水沿裂隙侵蚀所造成的竖井，深可达数十米至数百米。地缝形成的原理与天坑相同，只是在地表表现为裂隙，不如天坑面积那么巨大。

③ 钟乳石是含钙质的水滴蒸发后，钙质逐渐凝聚沉积而成。石笋是自钟乳石上滴落到洞底的水中所含碳酸钙沉淀，自下而上增长形成的，因形如竹笋而得名。石钟乳与石笋相接即成石柱。它们的生长速度极为缓慢，百年大约只增长十数毫米。若要“牵手”，需数万年。

④ 孤峰是石峰林发育晚期残存的孤立山峰，峣峣易折，摇摇欲坠。暗河也称地下河，既长且深，深不可测。

⑤ 云南石林素以“雄、奇、险、秀、幽、奥、旷”而著称。贵州荔波喀斯特原始森林、水上森林和“漏斗”森林合称“荔波三绝”。“漏斗”是由流水沿地表裂隙溶蚀而成，呈倒锥形洼地。而重庆武隆则以“天下第一洞”芙蓉洞，以及天龙桥、青龙桥、黑龙桥三座气势磅礴的石拱桥称奇于世，后者属亚洲最大的天生桥群。芙蓉洞与美国的猛犸洞、法国的克拉姆斯洞并称为“世界三大洞穴”，全长两千七百米，洞底总面积三万七千平方米，被冠以“溶洞之王”美名。

三十二 广东开平碉楼

（世界文化遗产）

“猪仔”过海或漂洋，

美、加排华返故乡。[①]

几代血汗修屋宇，

多年积蓄建楼房。

御贼防盗避洪涝，

钢筋水泥筑高墙。[②]

罗马拱券巴洛克，

石刻木雕呈吉祥。[③]

① 近几个世纪以来，福建、广东沿海一带的渔民、农民为了谋生，不惜冒着生命危险，离乡背井，远涉重洋，下南洋，去美洲，俗称“卖猪仔”。

广东开平是中国著名的侨乡，当地人口六十八万，而散居世界各地的开平华侨竟达七十五万人。19世纪末，美国、加拿大等国的排华政策迫使众多开平华侨返回故乡，形成了侨房建设的高峰期。

② 返乡的开平华侨用几代人多年辛苦打拼、艰难积蓄的血汗钱，在故土兴建自己的私宅。但由于时值清末民初，国家衰败，社会混乱，当地匪患成灾，洪涝不断，为了御匪防洪，他们建起了一种集防卫、居住和中西建筑艺术于一体的碉楼。碉楼最多时达三千多座，至今仍完好保存的有一千八百余座。开平市内碉楼星罗棋布，举目皆是，纵横数十公里，连绵不断，蔚为大观。

③ 开平碉楼整体造型带有浓厚的西方建筑风格，包括古罗马的拱券、爱奥尼式的柱廊、巴洛克风格的山花等；同时又注入了中国建筑文化的元素，如石雕、砖雕、木雕等，雕刻精美，呈现着富贵吉祥的中国传统语汇。碉楼群不仅反映了开平华侨在海外艰苦谋生、回乡后保家卫邑的历史，同时也是一座鲜活的近代建筑博物馆、一条别具特色的艺术长廊、一幅波澜壮阔的历史画卷。

三十三 福建土楼

（世界文化遗产）

土楼始于宋和元，

珍珠洒落闽西南。①

客家移民族而聚，

盗匪野兽望且还。②

外闭内开浑一体，

楼高墙坚或方圆。③

守望相助相拥簇，

遍布稻田与茶园。④

① 福建土楼主要分布在龙岩市永定区、漳州市南靖县和华安县，土楼群如珍珠般洒落在闽西南的绿水青山间。土楼产生于宋、元时期，一直延续到民国。现存土楼共有三千多座。

② 闽西南山区正是当地土著居民与中原客家移民的交汇处，地势险峻，人烟稀少，一度野兽出没，盗匪四起。聚族而居，既是根深蒂固的中原儒家传统观念，更是聚集力量、共御外敌的现实需要使然。因此，集居住和防御功能于一体的土楼应运而生。

③ 土楼即生土结构房屋，有数层楼高，建筑平面呈圆形或方形，每座土楼可住八百人之多。中间围着一个居于中心的开放式庭院，只有少数几个窗口朝向外界，而出入口只有一个，犹如城门。整个宗族合族而居，成为村庄单位，也被称为“家国”。土楼外部则是高大坚固的生土夯筑墙。盗匪或野兽，到此也无可奈何，无功而返。

④ 福建土楼广泛分布在稻田、烟田和茶园中，与环境相得益彰。它充分体现了客家移民在一个崭新的环境中，克服困难、因地制宜、团结一心、守望相助的奋斗精神和珍惜土地、节约资源、与自然和谐相处的天人合一的理念。

三十四 江西三清山

（世界自然遗产）

结庐炼丹始葛洪，

三清山上三清宫。[①]

神女惊世人无恙，[②]

巨蟒出山龙卷风。[③]

飞瀑悬空挂绝壁，

危崖斜立衬险峰。

玉京、玉虚、玉华在，

仙人已去渺无踪。[④]

① 三清山坐落在江西东北部怀玉山脉，又名少华山，为道教名山。因玉京、玉虚、玉华三峰宛如道教玉清、上清、太清三清尊神列坐山巅而得名。相传东晋时，葛洪与李尚书上山结庐炼丹，著书立说，至今仍留有丹井、炼丹炉遗迹。尤其是丹井，历时千余载，却终年不涸，井水甘洌清甜，人称“仙井”。葛洪因此成为三清山的“开山始祖”，三清山也被称为道教“无双福地”。

② 女神峰海拔一千三百一十四米，峰高八十余米，近观远眺，皆酷似女神侧影，秀发披肩，凝神沉思，双手还托着两棵青翠古松。无独有偶，三峡巫山也有一座神女峰，有诗赞曰：“神女应无恙，当惊世界殊。”

③“巨蟒出山”景观与女神峰相对而立，同为三清山的标志性景观。它形似一条巨蟒破山而出，吞云吐雾，撼天动地，直欲腾空而去，卷起万丈飓风；又如一柱擎天，横空出世，昂首挺立，扶摇直上，高耸入云，令人叹为观止。

④ 三清山最高峰玉京峰海拔一千八百二十米，其东、南、西三面巉岩如削，顶端平坦仅约五十平方米，中有一如棋盘之方石，相传太上老君常在此与众仙弈棋。其侧有升天台。玉虚峰东南则为飞仙谷。玉华峰有一方巨石，上刻“尚书悟仙台”。三峰仍在，而仙人却已不知所终。

三十五 山西五台山

（世界文化景观遗产）

五峰环抱成五台，

文殊菩萨驾云来。[①]

青庙、黄庙比邻立，

汉传、藏传不相排。[②]

唐宗谕旨嘱敬畏，[③]

武后神游曾徘徊。[④]

“佛国”圣地名遐迩，

奇山古刹入此怀。[⑤]

① 五台山别名清凉山，位于山西五台县，由东台望海峰、南台锦绣峰、中台翠岩峰、西台挂月峰、北台叶斗峰环抱而成。相传为文殊菩萨的道场，《华严经》载："……清凉山，从昔以来，诸菩萨众，于中止住。现有菩萨，名文殊师利，……常在其中，而演说法。"

② 五台山是四大佛教名山中唯一既有青庙（汉僧所居），也有黄庙（蒙藏喇嘛所居）的佛教道场，即藏传与汉传佛教并立同行，共存共荣。

③ 五台山的佛教至唐代达于鼎盛。唐太宗曾下诏曰："五台山者，文殊閟宅，万圣幽栖。境系太原，实我祖宗植德之所，尤当建寺度僧，切宜祇畏。"

④ 武则天登上皇位后，自称"神游五顶"，敕命重建清凉寺，始使五台山佛教寺院在全国取得了举足轻重的地位。

⑤ 五台山与尼泊尔蓝毗尼园、印度鹿野苑、菩提伽耶、拘尸那迦并称世界五大佛教圣地，建有东亚乃至世界现存最大的佛教古建筑群，享有"佛国"盛誉。它将自然地貌与佛教文化融为一体，将对佛教崇信凝结在对自然山体的崇拜之中，完美体现了中国古人"天人合一"的哲学思想。

三十六 河南登封“天地之中”古建筑群

（世界文化遗产）

天地之中在登封，

五岳之中名为“嵩”。①

观星授历始守敬，②

测影计年源周公。③

仰观宇宙何浩瀚？

俯察品类甚恢宏。

庙阙寺塔巍然屹，

方知古人敬与崇。④

① 古人丈量天地，蠡测宇宙的中心。在中国古人的宇宙观中，中国为中央之国，天地中心在中原，中原核心则在洛阳（辖登封）。而登封境内的嵩山，又被认为是五岳当中具有神圣意义的中岳。登封“天地之中”历史建筑群占地约四十平方公里，包括周公测景台、观星台、嵩岳寺塔、中岳庙、太室阙、少室阙、启母阙、嵩阳书院、少林寺等八处十一项历史建筑。

② 其中的观星台，始建于1276年。元代科学家郭守敬等人经过多年的观测和推算，编制出了当时世界上最先进的历法《授时历》，比西方早了三百年。

③ 测景台比希腊亚历山大天文台早八百年，是西周初年周公在此研究天文的圭和表，是古代测量日影、验证四时、计年的器具。“天下之中”一说也始于周公，他认为阳城（登封东南）是为天地之中心。

④ 嵩山为儒、释、道三教源头和集大成之地，是多元文化的载体和典范。周公测景台、观星台是最古老的天文台。汉三阙（太室、少室、启母）则是中国最古老的国家级祭祀礼制建筑典范。“天地之中”古建筑群，其建造过程经历了九个朝代，最早的建筑距今已有三千余年。这些建筑用不同的方式表达了人们对于“天地中心”的认识，以及对于嵩山的宗教神权的崇拜。

三十七 杭州西湖

（世界文化景观遗产）

西湖美名天下传，

相见也难别更难。[1]

苏堤春晓闻柳浪，

平湖秋月映三潭。

雷峰夕照伴归鹤，

南屏晚钟敲暮寒。

冬来断桥余残雪，

东坡到此不欲还。[2]

① 两千多年前的秦汉时期，今天的西湖所在地为钱塘江的一部分，由于泥沙淤积，在南北两山——吴山和宝石山逐渐形成了沙嘴，之后两嘴相接成为沙洲，围合成一个内湖，即为西湖。唐宋时期经过有计划、大规模的整治，西湖逐渐成为一处风光优美的风景名胜。中唐时，白居易在任杭州刺史期间，兴修水利，疏浚西湖，修筑堤坝水闸，增加湖水容量，该堤后被称为“白堤”。北宋时期，苏轼在杭州任上，动员二十万民工疏浚西湖，将淤泥堆筑成南北横贯湖面的长堤，后称“苏堤”。白居易、苏东坡、林和靖及其他文人雅士在杭期间，都为西湖写下了传诵千古的优美诗篇。西湖因此名扬天下。

② 杭州西湖总面积为三千三百多公顷，由秀美的自然山水、独有的两堤（白堤、苏堤）三岛、“三面云山一面城”的景观整体格局，以及著名的西湖十景（苏堤春晓、曲院风荷、平湖秋月、断桥残雪、柳浪闻莺、花港观鱼、雷峰夕照、双峰插云、南屏晚钟、三潭印月）等具有丰富历史文化内涵、独特审美特征和突出精神价值的文化遗存所构成。西湖秉承“天人合一”的理念，在一千多年的持续演变中日臻完善，成为景观元素特别丰富、设计手法极为独特、历史发展相当悠久、文化含量尤其厚重的东方文化名湖，成为中国传统文化精英的精神家园和中国各阶层人们世代向往的人间天堂。

三十八 元上都遗址

（世界文化遗产）

世祖龙兴开平府，
即位大汗始定都。①
东际辽海控西北，
南制天下为中枢。②
改“元”迁都燕京址，
灭宋入主汉家屋。③
红巾起义遭焚毁，
自此衰败遗明珠。④

① 元上都遗址位于内蒙古锡林郭勒盟金莲川草原闪电河畔，包括城址、寺庙、宫殿、墓群以及铁幡竿渠在内的水利工程，遗址区面积约二百五十平方公里。

1256年春，忽必烈命汉人幕僚刘炳忠在此兴筑新城，作为藩邸。1259年，新城建成，忽必烈将其藩王府迁于新城，命名为开平府。当年，其兄蒙古汗国大汗蒙哥暴死。次年忽必烈在开平府继承汗位。1263年升开平府为上都。1271年，忽必烈取《易经》“大哉乾元，万物资始”之意，正式建国号为大元。第二年改中都燕京（今北京）为大都，定为都城，而将上都作为避暑的夏都，形成了两都制格局。

② 元上都地理位置特殊，“控引西北，东际辽海，南面而临制天下，形势尤重于大都”。上都距原蒙古汗国的政治、军事中心哈拉和林较近，对联络、控制拥有强大势力的漠北蒙古宗亲贵族有着举足轻重的意义。这里既便于与和林的大汗相联系，又利于对华北汉人地区就近控制，为元朝的建立奠定了基础。

③ 北方政局稳定后，元世祖忽必烈开始进军南宋。1274年秋，元军分三路进逼宋都临安（今杭州）。1276年正月，宋幼帝赵㬎上表降元。1279年，元军在广东崖山（今珠海、江门一带）消灭了南宋最后的抵抗势力，南宋灭亡。

④ 1358年，反抗元朝统治的红巾军北伐，攻陷了元上都，并焚烧了宫殿，此后上都逐渐衰落并废弃。元上都遗址作为草原都城遗址，展示了文化融合的特点，见证了北亚地区游牧文明和农耕文明之间的碰撞及相互交融。

三十九 新疆天山

（世界自然遗产）

天山绵延五千里，

横亘盆地比天高。①

伊犁河水出国境，

托木尔峰入云霄。②

雪岭冰川多壮美，

苍林碧湖甚妖娆。

造化神奇人惊叹，

“瑶池”虽远路不遥。③

① 雄阔的天山山脉全长二千五百千米，横亘亚洲腹地，为塔里木盆地和准噶尔盆地的天然分界线。天山自然遗产区分为四个片区，包括托木尔、博格达、喀拉峻－库尔德宁、巴音布鲁克，面积逾六十万公顷，是中亚天山山脉的一部分。

② 伊犁河是中国水量最大的内陆河，在伊犁与喀什河汇合，穿越国境，流入哈萨克斯坦的巴尔喀什湖。托木尔峰位于中国与吉尔吉斯斯坦国境线附近，海拔七千四百四十四米，为天山第一峰。

③ 天山天池以高山湖泊为中心，雪峰倒映，云杉环拥，碧水似镜，风光如画，古称“瑶池”，据说神话中西王母大宴群仙的蟠桃盛会便设在此处。天池湖面呈半月形，湖水清澈，晶莹如玉。远处峰顶的冰川积雪，闪烁着皑皑银光，与天池澄碧的湖水相映生辉，构成了高山平湖绰约多姿的自然景观。四周群山环抱，绿草如茵，野花似锦，享有“天山明珠”之盛誉。

四十 云南红河哈尼梯田

（世界文化景观遗产）

天造地设何神奇？

天人合一在哈尼。[①]

筚路蓝缕山林启，

神工鬼斧梯田犁。[②]

绘就诗画呈天下，

织成锦绣申“世遗”。

游者流连忘归返，

人间仙境已痴迷。[③]

① 红河哈尼文化景观，以从高耸的哀牢山沿斜坡顺延到红河岸边的壮丽梯田而著称，是以哈尼族为主的各族人民利用当地“一山分四季，十里不同天”的地理气候条件创造的农耕文明奇观。红河哈尼梯田位于云南南部，遍布于红河州元阳、红河、金平、绿春四县，总面积约一百万亩，尤以元阳县为最，是哈尼族人一千三百多年来生生不息所“雕刻”的山水田园风光画。

② 元阳县境内全是崇山峻岭，所有的梯田都修筑在山坡上，梯田坡度在十五度至七十五度之间，梯田级数最高达三千级，这在中外梯田景观中实属罕见。在千余年的繁衍生息中，哈尼族人民发明了复杂的沟渠系统，将山上的水从山顶送至各级梯田。他们还创造出一个完整的农作体系，包括牛犁以及鸭、鱼类和鳝类养殖，支持了当地谷物的生产。漫山的梯田在莽莽森林的掩映中，在茫茫云海的覆盖下，构成了神奇壮丽的景观。

③ 元阳梯田一年中最佳的观赏拍摄季节是11月至次年4月间，因为此时正灌水养田，梯田层层透亮，光影效果极佳。春节前后，更是常见云海。元宵前后，野樱花、野木棉花、野桃花和棠梨花开得满山红白，极为壮观。清晨的多依树景区，当太阳驱散晨雾，层层梯田便渐渐染上金光，坐落其间的哈尼族彝族山寨，被云雾掩映得扑朔迷离，如诗如画，如梦如幻，令游人流连忘返。建立在特殊且古老的社会和宗教结构基础上的哈尼梯田，体现出了人与自然在视觉和生态上的高度和谐（天人合一）。

四十一 大运河

（世界文化遗产）

大禹治水属传说，

后世开凿大运河。①

纵贯南北通江海，

惠及古今利家国。②

五大水系得其利，

八个省市受恩泽。③

中华儿女多伟力，

改天换地志磅礴！

① 大运河是世界上开凿最早、规模最大、使用最久、空间跨度最长的人工运河，开凿至今已一千六百多年，是中华民族留给世界的宝贵遗产。

② 大运河由隋唐大运河、京杭大运河和浙东运河组成，河道总长三千一百公里，纵贯中国最富饶的东南沿海和华北大平原，通达黄河、淮河、长江、钱塘江、海河五大水系，惠及北京、天津、河北、山东、河南、安徽、江苏、浙江八个省市，是中国古代南北交通的大动脉，是中国古代劳动人民所创造的一项伟大的水利和交通工程。

③ 大运河是工业革命前世界规模最大、范围最广的土木工程项目，它促进了中国南北物资的交流和领土的统一管辖，反映出中国人民高超的智慧、决心和勇气，以及在水利技术和管理能力方面的杰出成就。历经千余年的发展，大运河直到今天仍发挥着重要的交通、运输、行洪、灌溉、输水作用，在保障经济繁荣和社会稳定方面发挥了重要作用。

四十二 丝绸之路[1]

（世界文化遗产）

张骞出使谓“凿空”，

“丝绸之路”至此通。[2]

南、北两线绕沙漠，

东、西诸国共繁荣。[3]

一万里路何漫漫？

两千年来几匆匆？

亚欧文明冠世界，

此路当有盖世功！[4]

① 2014年6月，由中国、哈萨克斯坦和吉尔吉斯斯坦联合申报的“丝绸之路：起始段和天山廊道的路网”被成功列入世界遗产名录。“丝绸之路”跨国文化遗产线路跨度近五千公里，沿线包括中心城镇、商贸城市、交通、宗教和关联遗迹等五类代表性遗迹共三十三处，遗产区总面积四万多公顷。中国境内有二十二处考古遗址、古建筑等遗迹。

② 汉武帝时期（公元前139年），张骞作为使者出使西域，途中被匈奴羁押长达十年之久。逃脱后历尽艰辛，终至目的地大月氏。返程又被匈奴俘获，终于公元前126年回到长安。张骞此行虽未达至联络大月氏夹击匈奴之目的，但他对西域各国的人文、地理、习俗、物产等有了较为详尽的了解，为汉朝开拓西域创造了良好的条件。司马迁誉之为“凿空”，意为开辟大道。“丝绸之路”一词是19世纪末德国学者李希霍芬在他的《中国》一书中首次提出，沿用至今。

③ 丝绸之路是东西方之间融合、交流和对话之路，近两千年来为人类的共同繁荣作出了重要贡献。它形成于公元前2世纪，兴盛于公元6—14世纪，沿用至16世纪。其东段自玉门关、阳关出西域有南北两道。南道西逾葱岭，出大月氏、安息；北道自车师前王庭（今吐鲁番），随北山、波河西行至疏勒（今喀什），出大宛、康居、奄蔡。南北两道均绕过塔克拉玛干沙漠边缘。

④ 丝绸之路见证了漫长的历史时期亚欧大陆经济、文化、社会发展，尤其是游牧与定居文明之间的交流。它在长途贸易中推动了沿线大型城镇和城市的繁荣发展，并深刻地影响和推动了佛教、摩尼教、拜火教等宗教以及城市规划理念在古代中国和中亚等地区的传播。

四十三 土司遗址

（世界文化遗产）

朝廷放心授其权，

委任土司镇东南。[①]

历时三朝元、明、清，

跨域三省湘、鄂、黔。[②]

永顺、恩施和遵义，

司城、唐崖与龙岩。[③]

齐政修教因俗治，

民族融合大家园。[④]

① 土司制度是指公元13世纪至20世纪初，元、明、清三朝中央政权在西南少数民族地区推行的一种政治制度，委任当地首领担任“土司”，世袭统治当地人民。

② 土司遗址包括湖南永顺老司城遗址、湖北恩施唐崖土司城址、贵州遵义海龙屯遗址，是土司的行政与生活中心聚落遗存，是土司制度的珍贵物证。这三处集中于湘、鄂、黔交界山区的代表性土司遗址，在选址特征、整体布局、功能类型、建筑形式等方面，既展现出当地民族鲜明的文化特色，又表现出土司统治权力象征等特有的共性特征。

③ 遵义古称播州。海龙屯又名龙岩囤，位于播州龙岩山。该囤居群山之巅，四面凌绝，仅山后仄逼一线可攀登，有“一夫当关、万夫莫开”之势。明朝末代播州土司杨应龙之祖利用这一独特地形，筑石城，建房库，设九关，应山势绵延十余里。杨应龙后反叛朝廷，在此据守三月余，最终城破身死，龙岩囤被毁，后易名为“海龙屯”，意为“龙困于海，不能再兴云覆雨”。此后，播州土司制度被废止。

④ 土司遗址见证了古代中国作为统一的多民族国家，对西南少数民族地区独特的“齐政修教、因俗而治”的管理智慧。这一智慧促进了民族地区的持续发展，有利于国家的长期统一，并在维护民族文化多样性传承方面具有突出的意义。

四十四 广西左江花山岩画

（世界文化景观遗产）

壮族先民祭上天，

岩壁绘画成“花山”。①

百者击鼓齐奏乐，

千人纵舞尽狂欢。②

规模雄阔何宏伟？

场面浩大真壮观！③

是谁挥得如椽笔，

乾坤写此大诗篇？④

① 花山岩画是战国至东汉时期当地壮族先民骆越人群体祭祀留存下来的遗迹，距今已有两千多年历史，与其依存的山体、河流、台地共同构成了壮丽的文化景观。岩画位于广西宁明县花山屯北的明江东岸断岩山，其临江断面宽二百二十米，高四十五米，岩壁上留存有大批赭红色的岩画。花山，壮语称为“岜莱”，意为“有画的石山”。

② 岩画画面长约一百七十米，高约四十四米，面积达七千多平方米，距江面最高处近百米，最低处亦有三十米。画面中有一千九百多个人物，人像多呈双脚下蹲式，八字张开，双手向上托举，造型如同蛙跳。人们或执干戈，骑骏马，或击鼓奏乐，纵舞狂欢。中有巨人魁伟，虎冠长剑，率领众民，其身高近三米。岩画线条粗犷有力，形象古朴。这是迄今为止中国发现的单体最大、内容最丰富、保存最完好的一处岩画，集整体的规模宏大、单体的气势雄伟、个体人物的形象硕大这“三大”特征于一体，堪称鸿篇巨制。

③ 这些绘制年代可追溯至公元前5世纪的岩画，让我们看到了远古时期中国南方盛行一时的青铜鼓文化仪式的原貌，它表现了巫术文化的祭祀场面以及权力象征，也展现了古代先民勤劳、勇敢、奋斗的民族精神。这一文化景观是这种文化曾经存在的唯一见证。

④ 花山岩画如未解之天书，等待人们去破译。两千多年前，在这高耸陡峭的岩壁上，是谁？又是为何？他们挥动如椽之巨笔，冒着生命危险，去画这样的巨画，令今天的我们百思而难得其解。

四十五 湖北神农架

（世界自然遗产）

“鄂西明珠”巴山边，

长江、汉水夹其间。①

峰峦叠嶂渊入地，

林海苍茫树参天。②

珍稀物种基因库，

濒危动植避难园。③

峥嵘磅礴神农顶，

破天遏云傲峰巅！④

① 神农架位于湖北西部，湖北与重庆交界的长江、汉水之间，属大巴山系，是联合国教科文组织“人与生物圈自然保护区、世界地质公园、世界自然遗产”的名录遗产地，被誉为“鄂西明珠”。

② 神农架保护区内林海茫茫，河谷深切，沟壑纵横，层峦叠嶂，山势雄伟，多在海拔一千五百米以上，海拔三千米以上的高山就有六座。地貌类型复杂，有山地、流水、喀斯特（岩溶）和第四纪冰蚀等多种地貌。

③ 神农架处于西部高山区向东部丘陵平原区、亚热带向暖温带气候过渡的交叉带。特殊的地理位置，使其生物多样性极为丰富，保存着完整的生态系统，成为中国东、南、西、北动植物的荟萃地，是研究生物物种多样性、典型性以及植被自然演替规律的理想之地。由于独特的地理环境，在第四纪冰川期，许多动植物幸免于难，使这里几乎囊括了北自漠河、南至西双版纳、东至日本、西至喜马拉雅山所有的动植物物种的绝世珍藏，被称为“物种基因库”“濒危动植物避难区”，得到全球的共同关注。

④ 神农架的最高峰神农顶海拔三千一百零六米，一年四季中，冬有飞雪，春有迷雾，云遮雾掩，难见其真容。唯有夏秋之际，天晴之日，云开雾散之时，傲立峰顶，俯视四野，长江、汉水、巴山尽收眼底，峥嵘磅礴，气象万千！

四十六 青海可可西里

（世界自然遗产）

天苍苍兮野茫茫，

高原明珠“俏姑娘”。①

冰川密布冻土厚，

湖泊遍野河流长。②

繁衍生息白唇鹿，

自由迁徙藏羚羊。③

一望无垠何辽远？

地迥云高雄鹰翔！

① 可可西里在蒙古语中为“美丽的少女”之意。她位于青藏高原腹地，西藏、新疆、青海交汇处的一块高山台地上，平均海拔四千五百米，总面积达四点五万平方公里，是我国面积最大的世界自然遗产地。这里气候干旱寒冷，具有典型的高原气候特征，被称为“世界第三极”。

② 可可西里有冰川二百五十五条，面积约七百五十平方公里。湖泊如珍珠般星罗棋布，面积一平方公里以上的湖泊就有一百零七个。冻土更是占到保护区面积的百分之九十以上，其最厚处竟达四百米！冰川、冻土都是巨大的固体水库资源。

③ 可可西里一望无垠，几乎没有受到现代人类活动的冲击，是名副其实的“野生动物的乐园”。这里有脊椎动物七十五种，包括藏羚羊、盘羊、野牦牛、藏野驴、白唇鹿、棕熊等，保存着完整的藏羚羊在三江源和可可西里之间的迁徙路线，支撑着藏羚羊可以不受干扰地自由迁徙。可可西里是青藏高原珍稀野生动物的基因库，在自然环境保护、生物多样性保护、科学研究和生态探险旅游等方面都具有重要的价值。

四十七 厦门鼓浪屿

（世界文化遗产）

九龙入海鼓巨浪，
蕞尔小岛隔鹭江。①
欧风美雨沦租界，
洋人华侨建馆堂。②
红楼倩影多雅致，
绿荫琴声何悠扬？③
日光岩上向南眺，
英雄遗愿终可偿。④

① 鼓浪屿位于福建九龙江入海口，与厦门岛隔着鹭江海峡相望。全岛面积仅两平方公里，却见证了一个多世纪以来中国近代化进程的风风雨雨，真实且完整地记录了其曲折的发展进程，真切地反映了激烈变革时代的历史。

② 1840年鸦片战争后，中英签订了《南京条约》，中国被迫割让香港岛，并开放厦门等五口通商。随着口岸的开放和租界的设立，大批洋人纷纷来到鼓浪屿定居或暂住，陆续建造了领事馆、教会学校和医院、教堂等一批西式建筑。一些归国华侨也来到这里，兴建了许多别墅洋楼。这些建筑往往规模宏大，设计精美，装修华丽，做工考究。因此鼓浪屿在传统聚居地的基础上，逐渐形成了多元文化交融发展的历史国际社区，现留存有931座中西风格的历史建筑，以及园林和自然景观、道路网络，体现了现代人居理念与当地传统文化的融合。

③ 鼓浪屿还有着“音乐岛”“琴岛”之美誉，音乐人才辈出，如著名指挥家陈佐煌、钢琴家殷承宗、许斐星、许斐平等。由于具有良好的家庭环境和教育背景，所以岛上几乎家家都有钢琴，漫步在绿荫小径，处处可以听到悠扬的琴声，与红瓦楼顶的洋房相映成趣。

④ 岛上还有一座高大的标志性建筑，这就是曾经率军收复宝岛台湾、驱逐荷兰殖民者的民族英雄郑成功的花岗岩塑像。他身披盔甲，手按宝剑，昂首挺立，向南眺望，令到此拜谒的游人无不肃然起敬。

四十八 贵州梵净山[①]

（世界自然遗产）

梵天净土何处寻？

弥勒菩萨寺中迎。[②]

群山树木满眼绿，

众林鸟兽盈耳鸣。[③]

雾迷恍如仙山走，

云涌俨然画中行。

黔金丝猴最珍贵，

濒危赖此衍生灵。[④]

① 梵净山位于湘、渝、鄂三省（市）交界的贵州铜仁，是武陵山脉的主峰，海拔二千五百七十二米，为黄河以南最古老的台地，有着十亿年至十四亿年的地质演化历史。山体主要由变质岩组成，周围被广阔的喀斯特地貌环绕，使梵净山成为伫立于喀斯特海洋中的变质岩“生态孤岛”。

② 梵净山还是佛教名山，得名于“梵天净土”。明代《敕赐碑》中对弥勒与梵净山作了专门记载，称此山为“天边法界、极乐天宫”。明万历、清康熙皇帝分别敕封此山。梵净山常见奇妙的佛光，故古人认为这便是“弥勒显像”，认为此山就是弥勒菩萨的道场。

③ 梵净山原始生态保存完好，保存了世界上少有的亚热带原生生态系统，拥有同纬度保有最完好、最典型的原始森林及丰富的野生动植物资源，并有大量七千万年至二百万年前的古老珍稀孑遗物种。

④ 梵净山原始森林中“国宝”级的珍稀动植物，以濒危的黔金丝猴和珙桐最具代表性。梵净山是黔金丝猴的主要栖息地，现仅存七百到八百只。世界遗产委员会认为，梵净山满足了世界自然遗产生物多样性标准和完整性要求，展现和保存了中亚热带孤岛山岳生态系统和显著的生物多样性。

四十九 浙江良渚古城遗址

（世界文化遗产）

中华文明盖多元，

“满天星斗”捧月圆。[①]

太湖流域数千里，

良渚王国五千年。[②]

宫殿、宗庙崇社稷，

黄琮、苍璧礼坤乾。[③]

深渠高坝何浩大！

人力天工谁可全？[④]

① 著名考古学家苏秉琦先生于20世纪在考古学文化区、系、类型理论的基础上，提出了中国文明起源“满天星斗”说。他认为数以千计的新石器遗址，大致可以分为六大板块，包括以仰韶（彩陶）文化为代表的中原文化、以大汶口文化为代表的黑陶文化，以及长江下游的河姆渡文化、良渚文化等等，体现了中华文明并非“一花独放”而是“多元一体”的模式。

② 良渚古城遗址位于浙江杭州，是长江下游环太湖地区一个早期区域性国家的权力和信仰中心，是良渚文化最重要、最具代表性的遗址。古城呈圆角长方形，总面积达二百九十多万平方米（北京紫禁城为七十二万平方米），被誉为“中华第一城”。良渚古城遗址让世人看到一个存在于距今五千三百年至四千三百年的古代王国，是中国20世纪重大考古发现之一。

③ 遗址包括莫角山宫殿基址（面积超过三十万平方米，夯土层最高处超过十米），以及反山墓地、汇观山祭坛、城墙遗址和功能复杂的外围水利工程等。工程之浩大，世所罕见。遗址还出土了大量的玉器、陶器，是良渚文化进入文明时代的重要标志。这一系列以象征其信仰体系的玉器，也为其内涵和价值提供了有力佐证，如玉璧、玉琮等。在中国古人的宇宙观中，天圆地方，故以外方内圆的黄琮礼地，以苍璧礼天。而象征土神和谷神的社稷坛，则设于王宫之右，与其左的宗庙相对而立。

④ 在古城外围是迄今所知中国最早的水利系统，高坝深渠，形成了面积达十三平方公里的储水区，蓄水量高达二百七十五万立方米，令人惊叹！这足以说明良渚王国当时已经具备了应对复杂需求的国家动员组织和管理体系。良渚遗址展现了一个存在于新石器晚期，以稻作农业为经济支撑，并存在社会分化和统一信仰体系的早期区域性国家形态，印证了长江流域对中国文明起源的杰出贡献。

五十 福建泉州：宋元中国的世界海洋商贸中心

（世界文化遗产）

泉州古时称“刺桐”，

宋、元海运忒繁荣。[①]

千帆竞发港兴盛，

万商云集市昌隆。[②]

丝、瓷、茶、药输海外，

牙、角、珠、香入国中。[③]

财货滚滚富且乐，

万寿塔迎八方风。[④]

①位于闽南沿海地区的泉州古称“刺桐”（刺桐树为泉州市树），至今已有一千三百多年历史。宋元时期，泉州在繁荣的国际海洋贸易中蓬勃发展，成为各国商旅云集、多元文化交融的“东方第一大港”。

②泉州是古代“海上丝绸之路”的起始点，曾为公元10—14世纪繁荣的亚洲海洋贸易网络终端的商贸中心、宋元时期中国对外经济与文化交流的窗口。泉州凭借着悠久的航海传统、完备的海洋贸易制度、庞大的水陆复合交通运输体系、发达的手工业、杰出的航海与造船技术、多元社会族群等诸多因素，成为世界海洋贸易的中心港口。泉州还是个宗教博物馆，天主教、景教（基督教的分支）、伊斯兰教、摩尼教、印度教等寺院和教堂比比皆是。“涨海声中万国商”，是泉州的生动写照。

③泉州湾当时拥有十二个港口，南下可达东南亚、波斯湾、阿拉伯，东北可至朝鲜、日本。中国的丝绸、瓷器、茶叶和中药远销海外，而国外的象牙、犀角、珍珠、乳香等奇珍异宝则行销国内。千帆竞发，梯航万国，场面何其壮观！

④繁荣发达的远洋贸易，使得泉州成为当时富甲一方的“富州”，“乐十洲之民”。万寿塔是商船抵达泉州港的地标，也是镇守海口、护佑商旅的精神寄托。诸多文化元素共同促成泉州逐渐崛起并蓬勃发展，成为东亚和东南亚贸易网络的海上枢纽，对这一地区经济文化发展作出了巨大贡献。

后记

蔡新华

距上海文艺出版社出版我的第三部诗集《在天地间行走》，至今已整整十年了。这十年间，我鲜有作品发表，更遑论出书了。不少朋友常常问及，何时再出新作？我却惶然不知该如何作答，只能虚与委蛇，以“女人怀胎尚需十月”作为托词。个中缘由，唯此心知。每每敷衍之后，内心更觉惶然。

诗歌真的只是年轻时期激情的产物吗？当我还算年轻的时候，诗就像野狗般疯狂地追逐着我，让我难逃天地网罗。那个时候就连做梦也能作诗，缤纷的诗句“天女散花”般洋洋洒洒，从天而落。当我陡然惊醒，随口一吟，满屋飘香，尽是犹如神助般美得让人惊艳的佳篇绝句。随手写在纸上，早上再看时，竟想不起是谁、什么时候写就的！

而随着年龄的增长，激情与我渐行渐远，形同陌路，诗也因此离我远去，在水一方。我只能远远地看着诗和远方，落笔却写不成行。我痛苦甚至绝望地发现，我已然“江郎才尽”，“梦笔”不再“生花”。缪斯女神嫌我老了，毅然决然弃我而去，一头扎进了别人的怀抱。

确实不能否认年龄对诗歌创作的影响。过了“知天命”之年，我的兴趣和热情似乎更多地投放在了对中华传统文化的学习和研究上，尤其是中国历史。这也使得我的诗歌写作发生了一个根本性的转变，即新诗创作的成果和数量急剧下降，而旧体诗词的写作数量却大幅攀升。

对中华传统文化学习的不断深入，使我对《易经》中所谓“观乎天文，以察时变；观乎人文，以化成天下”，和司马迁在《报任安书》中所言“究天人之际，通古今之变，成一家之言”也有了更深的理解与更高的企求。既“知天命”，望孔圣人、太史公之尘，诚然自叹莫及，只能“高山仰止，景行行止。虽不能至，然心向往之”。但自愧弗如的我，虽无如椽之巨笔，却颇有凌云之伟志；虽不敢以著述《春秋》《史记》那样的传世经典而自命，却也想斗胆尝试以诗著史，将商汤革命以来三千多年之中国历史的概貌与脉络、重大事件与重要历史人物用诗的形式予以再现，让非历史专业却又有历史兴趣的广大读者，不必去啃那些令人望而生畏、望而却步的大部头史书，而只需用不多的时间与精力，就能一览中国历史的概貌，厘清历史发展的主线。

众所周知，中华文明源远流长，博大精深，中国历史卷帙浩繁，浩如烟海。“二十四史”是中国古代二十四部纪传体史书的统称。从《史记》到《明史》(这还不包括清史和中华民国、中华人民共和国的历史)，自传说中的黄帝开始，到明末崇祯皇帝止，记载了中国各个朝代的历史概貌，共约三千三百卷，四千七百万字。如此天量的历史专著，即使是专门研究历史的专家学者，皓首穷经，终其一生恐怕都难以通读。

都说历史是最好的教科书。读史使人明智，能够鉴古今，知得失，明兴替，看未来。但由于中国历史太过漫长，脉络太过细密，人物事件头绪纷繁，因此尽管人们对于历史有着极高的热情、极大的兴趣，却往往止步于历史的门槛，望洋兴叹，望而生畏，望而却步。

几年前的一次成都之行，触发了我以诗写史的机缘。在返程的飞机上，我用旧体诗的形式，先写了诸葛亮、杜甫（因为刚拜谒过武侯祠和杜甫草堂），然后循着他们的生平轨迹，又陆续写了刘备、曹操以及李白等历史人物。写完后倒也没太在意，丢在一边就不再理会。直到去年二月，我偶然翻出这些旧作，读着读着，便萌生出了往前往后再延伸，以事件为经，以人物为纬，延伸成一部诗化的中国历史这样的念头。即用一首七言短诗写一个历史人物或一件历史大事，并辅以数百字的注释，此可谓“千年浓缩一页，万古凝为瞬间”，亦如晋人陆机《文赋》所云，“观古今于须臾，抚四海于一瞬”。这个想法一旦形成，创作便一发而不可收，不到一年时间便写了五十件历史大事和一百个历史人物。每天在微信群连载发出后，朋友们反响热烈，有些人甚至自行下载打印，然后装订成册，给自己和家人阅读。之后我又从中国入选联合国教科文组织《世界遗产名录》的五十六项遗产项目中（截至2021年7月）选写了五十项，其中大部分均为世界文化遗产或文化景观遗产，都涉及中国的历史，可作为历史的印证和补充。至此，“中国历史大事诗记”五十首、“中华历史人物诗传”一百首，加上“中国的世界遗产”五十首共二百首写毕，合编为《诗话中国历史》，一部用诗写成的简明中国历史跃然于纸上。

这一年多的写作过程无疑是艰辛的。且不说期间翻看了多少书籍，查阅了多少文献资料，单是对人物、事件的精心甄选，就耗费了几多心血！尤其是这五十件历史大事和一百个历史人物的取舍，更是令我举棋不定，斟酌再三。太史公所著之《史记》分为本纪、表、书、世家、列传五个部分，主要以帝王将相等政治人物为中心和主线来记载历史，这也为后世著史开创了一种可沿袭、资鉴、效仿的范例。故而梁启超先生叹曰：“二十四史非史也，二十四姓之家谱而已。”而与这种传统的“英雄史观”大相径庭的是，唯物史观尽管也不否认英雄人物在历史发展中的巨大作用，但更为强调人民群众是推动社会历史发展的决定力量。基于这一史观，我在选取历史人物时，除商汤、周武、秦皇、汉武、唐宗、宋祖等等这些创立新朝、改天换地的帝王英雄外，周公、孔孟、老庄以及朱王乃至李杜、玄奘、慧能、蔡伦、陶渊明、李时珍等等这些彪炳千秋、泽被后世的思想巨擘、文化巨人、科技巨匠，也都成为我心中和笔下的历史英雄。鲁迅先生曾说过：“我们从古以来，就有埋头苦干的人，有拼命硬干的人，有为民请命的人，有舍身求法的人，……虽是等于为帝王将相作家谱的所谓‘正史’，也往往掩不住他们的光耀，这就是中国的脊梁。”

另外，史料的采用，史实的勘定与论证，都必须经得起历史的检验，否则以讹传讹，误人子弟，则罪莫大焉。再者，一首诗七言八句短短五十六个字，要将人们耳熟能详、在中国历史上影响深远的重大事件和历史人物予以高度浓缩和凝练，评价既不失偏颇又不落窠臼，且必须符合旧体诗的基本格律，何其难也！此中甘苦，诚如曹雪芹之所云："满纸荒唐言，一把辛酸泪。都云作者痴，谁解其中味？"

至于以诗写史这种方式，自古以来，不乏其人。蔡文姬的《悲愤诗》和杜甫的"三吏""三别"，都是泣血而成的诗史，遗憾的是只写了"董卓之乱"和"安史之乱"这一小段历史。而白居易的《长恨歌》和清代吴伟业的《圆圆曲》等，虽堪称绝唱，也只是依据历史故事且赋予艺术想象而演绎的文学作品，并非真正的"诗史"。从古到今，杜牧的《赤壁》诗、苏轼的《念奴娇·赤壁怀古》、王安石的《明妃曲》等咏史怀古佳作迭出、屡见不鲜，但都是一时一事一地的感慨和咏叹。而像我这样以诗写史，且集通史、编年体、纪传体、纪事本末体等多种史书体例于一身的写作尝试，虽不敢说前无古人后无来者，至少至今还没有人这样写过，这也算是对于中华传统文化的一种"创造性转化、创新性发展"吧。既是尝试与创新，加之本人才疏学浅，故而书中难免有错漏谬误，敬请广大读者批评指正。

发自内心地感谢于丹老师。我们尽管相识多年，堪称挚友，但当我请她为我的诗集作序时，心中依然是忐忑的，因为这样的请求于我来说，的确是超出我们友情之上的奢求。

我之所以忐忑，倒不是怕被她拒绝，而是担心她即便碍于情面勉强应允，却又勉为其难。在我的印象中，她似乎从未为别人的书写过序。但出乎意料，她二话没说，一口便答应了下来，正如她一如既往的豪爽。我由此愈加感念我们之间这份珍贵的友情，感念这么多年风风雨雨坎坎坷坷一路走来，她的那颗不变的“诗心”。她尽管不常写诗，但她的每本书、每一场讲演，甚至每一次谈话，都是一首极美绝佳的诗。她用诗一般的语言，诗一般的语调，诗一般的意境，诗一般的意象，带我们走进诗的世界，感受诗的美好与瑰丽、雄奇与壮阔。

真诚地感谢广西师范大学出版社黄轩庄董事长、社科分社刘隆进社长，以及编辑老师们，感谢他们为本书出版做出的努力和奉献。

真诚地感谢书法名家、陕西省书法家协会副主席王定成先生。年已七十五岁的他，不辞辛劳不吝笔墨，工工整整地题写书名，为我的书增色无穷。

由衷地感谢北京师范大学李山教授、米健教授、姚建彬教授和北京师范大学—香港浸会大学联合国际学院（UIC）李建会教授、郭海鹏教授等，是他们对我的创作尝试予以充分的肯定和诚恳的商榷，给我以坚持下去的决心和信心。

衷心感谢我的好友殷亚敏、施隆光、钱言、李惠民、彭铁山、毛江南、杨奕、列夫、丘健、周海胜、陶欣然等，是他们多年来对我的创作予以热情的赞赏与鼓励。衷心感谢我的乡贤李广连、蔡报文、施双江、程茹、彭晨等，是他们给予我以无私的支持与帮助，让我坚定地走向这条创作之路。

感谢我的同事钱雪琴、汪玉萍，她们为文稿的打印编排舍弃了业余时间，付出了辛勤劳动。感谢这世上所有我爱和爱我的人，是他们给了我不竭的生活勇气和创作动力。

2023年7月于珠海